三民叢刊 281

一月帝王

莊因 著

三民書局 印行

104

臺北市復興北路三八六號

三民書局股份有限公司收

廣告回信

台灣北區郵政管理局登記證

北台字第10380號

(免貼郵資)

姓名：　　　　　　性別：□男 □女

出生年月日：西元　　年　　月　　日

地址：

電話：(宅)　　　　(公)

E-mail：

知識使你更有活力・閱讀使妳更有魅力

三民書局／東大圖書讀者回函卡

感謝您購買本公司出版之書籍，請以傳真或郵寄回覆此張回函，或直接上網http://www.sanmin.com.tw填寫，本公司將不定期寄贈各項新書資訊，謝謝！

職業：______ 教育程度：______

購買書名：

購買地點：□書店：______ □網路書店：______

□郵購（劃撥、傳真） □其他：______

您從何處得知本書？□書店 □報章雜誌 □網路

□廣播電視 □親友介紹 □其他

您對本書的評價：

	極佳	佳	普通	差	極差
封面設計	□	□	□	□	□
版面安排	□	□	□	□	□
文章內容	□	□	□	□	□
印刷品質	□	□	□	□	□
價格訂定	□	□	□	□	□

您的閱讀喜好：□法政外交 □商管財經 □哲學宗教

□電腦理工 □文學語文 □社會心理

□休閒娛樂 □傳播藝術 □史地傳記

□其他

有話要說：______

（若有缺頁、破損、裝訂錯誤，請寄回更換）

序

莊因

幼少時隨家因戰亂而四方遊走，完全不曾注意歲時之遭遷。後來到了臺灣，在平穩安樂中生活了十數年，又於中年出國遠遊，先至澳洲，再往美國，就在海外棲遲下來。荏苒歲月，忽忽已達耄耋之齡。七十之年，仍然漂泊在外，心中總覺欠缺了些什麼。寄身海外以來，一直伴我對「故國之思」有解套作用的良方就是寫作。用中文寫出所思所感，也就不覺十分寂聊無奈了。

今年步入古希之境，有機會把蕪文雜章彙集一冊出版，也算是「自壽」的一種方式吧。是集共分三輯，還是一個「雜湊」。我要特別感謝三民書局的劉振強先生，他對我一向寬厚顧愛，令人感動。這是我在三民出版的第七本書，有巧逢「七」，應該也算是一種吉利吧。

一月帝王

目次

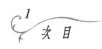

舊情

野趣

生生世世

讓我們來談談心

按照中文「六書」的說法，「心」是一個「象形」字。所謂「形」，是先天即為存有的。不論是否因「物」的存或亡，我們看到了這樣的器官，於是譜畫其狀，這就是「心」這個字的創始由來。

心，這個器官，凡物皆有。意思就是「本」。《易經》說：「復見其天地之心乎？」注云：「復者，反本之謂也。天地以本為心者也。」疏云：「本，靜也。言天地寂然不動，是以本為心者也。」天與地，是我們對於宇宙這個生存的空間的一種無限浩瀚偉大的感覺。一切生物都在這個無極的大空間中生存。人，由於進化而為掌控一切的物，遂以其特異的智慧而成為「萬物之靈」。所以，我們談說到「心」，當是以「人心」為度量標準，發而廣被。凡對於世間為萬事萬物，以己心度他心，這就是我們所謂的「一心」了。「一」者，大也。這實在是中國文字發明的了不起的氣勢與構思。這樣平易的一劃，是通達宇宙邈不可及的一種想像的感覺。我們說「一以貫之」，那就是據此推論，凡是可以歸納為此類的論點意念，無窮無盡，都像「一」一樣的串連起來。這「始」與「終」原本皆係一種感覺經驗，本無其極的。中華民國的國歌最後兩句：「一心一德，貫徹始終」，便把這樣的綿連無盡的感覺清清楚楚道出了。「一心」便是「同心」，所謂「萬眾一心」是也。這浩瀚無際的心，如果是「一」那樣的廣闊無邊，我們可以想像，那種神奇的力量如「一」延伸，是多麼強盛偉然了。有始有終，那也就是勢不可阻擋的了。

前面說，「本，靜也。言天地寂然不動，是以本為心者也。」「大寂」，是說宇宙悄無聲息，髣髴死去，那樣靈動的感覺便似大海天風，動向無邊無涯，終而我們只能感受到像死後的空虛一般無垠浩緲。所以說，當我們以己心度人度物，就是說要以純善的本心為出發點。世人皆善，即是大善，世人皆德，便為大德。這樣浩大的善與德，它是如何的力量，我們便可想而知了。當年國父孫中山先生在革命尚未成功的時際，有了對於廣大人民群眾期盼著「一心一德，貫徹始終」，我們就可以心想孫先生所感覺到的是一種如何勢不可阻的偉大力量了。有了這樣的力量，世間便無不可成不可克服的事了。

佛家吃齋，齋的意思是不碰葷腥。其實，這只是一種靜心純德的形式，一種象徵。

並非俗人通解的「不殺生」那樣狹窄的涵義。否則，出家人不吃肉，難道連青菜大米也不吃嗎？吃青菜大米不是一樣的殺生嗎？殺一隻豬跟從地上連根拔起一棵青菜，都是拿掉了生命，我認為那只是我們對於物的「動」的感受罷了。豬是有腿四處如人們一般行跑的，而白菜是生在泥土中不易動其位置的，如此而已。所以，在佛家，我們有「居士」一說，居士並非一點葷腥都不碰不沾的。但是，居士都有佛心，佛心就是教我們有一顆沉寂安靜的心。有了這樣的心，吃肉與否都無關宏旨了。俗語說「放下屠刀，立地成佛」，就是據此而言，不是說不殺人就好，我們說一個不殺生的人「其心可誅」，那便是最好的解說。重要的是，我們必有不殺生的心，有了那樣的心，則「一心一德」，「貫徹始終」，世界不大同者，未之有也！

私心是生物的一種本能本性，這是無法以任何方法取代的。幼雛知道其父母，於是一以從之，不得僭越。孟子責罵墨子「兼愛」之說，以為那是「禽獸」之說。其實，墨子的本義是說「老吾老以及人之老，幼吾幼以及人之幼」的意思，那也就是說要有兼愛之「心」。墨子並沒有錯。相反的，孟子太霸道了。我跟朋友談論「共產主義」，開宗明義我就說，「共產」這兩個字我極反感。完完全全是一種霸氣，非常討厭。「你的都是我的」那就是所謂共產，這樣的思維，是不宜提倡的。人智不等，人的經濟生活不公平，這是先天性的，不能只用單一蠻幹的「共產」辦法來解決。所以，我還是同情同意於「唯心」，「唯物」太苛險了。人的經濟生活不平等，那沒有錯，於是，我們可以用文明通情合理的方式來解決，唯「心」而不可唯「物」。我的理論很簡單，讓共產主義者啞口無言。共產主義的橫行，完全是主導者推動人的仇恨之心，而無愛心。不是嗎？中共推行共產主義，要人民清算老子、清算恩師，太可笑可悲了。而現在呢？

俗話說「心靜自然涼」，一點也不錯。讓我們都把心安靜下來，只有當心安的時候，才是智慧由生的時候。智慧的力量，才是最巨大的力量。

《人間福報》，2000.11.6

度是春風常長物

我的大學老師也是我的世伯臺靜農教授，寫過一副對聯給我的同門師兄鄭清茂教授，是這樣的：

度是春風常長物
心如秋水不沾塵

我非常喜歡這對聯語，也很願意把這十四個字送給讀者朋友們，期望得到春風常在的溫和爽悅。

「樂」，是一種平和、寬柔、溫順的美的感受。它是與外界透過「心」的牽連捷通而引起的。古人說「獨樂樂不如眾樂樂」，就是最佳說解。因為只有「共」，才有得，因有得才有享。英文有 by-pass 一詞，意謂「達於對方」，又「迂迴環繞」回起點，亦即此義。俗話說「有福共享」，共享才是大樂大福真福。所謂「大同世界」，乃是最高的生活境界，是無我、無私、明心、愜意、任適、圓融、完全的境況。在大同世界中，我們必然可以得到真正的「至樂」(genuine happiness)。那樣的樂，才是福樂，乃是我們生命中最值得追尋，而得到之後千萬珍寶的享受。比方說，你寫就了一篇文章，頗為自得，這已是「樂」了。當這篇文章公諸於世，千萬人讀後，眾口一心的稱說「此乃蓋世奇文，當可傳誦千古」之後，你所得到的快樂，是為至大善美，那種樂，便有「福」的成分了。常言道「神仙美眷」，正是一個人得到了夢寐以求的婚配對象，他人完全欣同的讚賞。如果你是那個「得意之人」，在聽聆到那樣的眾人美歎之後，所感受到的喜悅，定然比「竊心私喜」強過萬千。假如你是一個文人，靈感給了你一個好題目，於是捉筆伏案一揮而成，覺得暢爽無比。於是邀約你的至交朋友，飲酒開懷以示其快樂，於對飲間，你的至交朋友對你大加獎賞，你的快樂便可直上青天了。

我在前面所說，都是一個「共」字的成效。「共」，就是「度」，用現代語來說就是「共鳴」。這「共鳴」是兩造心靈相通，互應認同的。一個幼子在街邊玩耍，險些被車輛撞襲，路人中有你見義勇為，奮不顧身，前躍抱住幼兒使免於難。一場眼見的大災化險為夷，路人鼓掌歡呼讚美，那不就是「共鳴」的結果嗎？

「心如秋水不沾塵」，便是如明鏡之臺般晶澈，而把一己的一點心意投射出去，與他人分享。像我前面所舉的「投身護幼」的例子，就是一種福報的顯示。凡有福報的言行，都是大善之事，都值得我們學習，都值得我們去實現。如此這般，「度」，定然是如熙熙春風，萬物甦生了。

如何「度」？這是一個關鍵。其實，道理簡單之極，那就是我們必要懂得「一」字的重要。「一」，是世界上人間最最簡單的字，但它的涵義卻是無比深妙。「一」就是通達兩端無窮無極，但是建立交感的直捷方式。一，是永遠不盡的，至大的，平實的，不可以扭曲的，不可以偏袒的。建立這樣的關係，雙方都必然是坦蕩蕩明鏡鏡的胸心。一者，同也。於是就得與「共」了。「春風長物」，乃是如此的。凡是「公信」的事與現象，都似春風吹胸拂面，是一種極美的感覺，也是至大至善的感覺。俗語說「無欲則剛」，那就是惑業盡退的永無生死煩惱的最上境界。一個「無欲則剛」的人，其心必如明鏡，瀏亮潔暢似秋水。因此，讓我們齊聲大歡唱，唱出「一」那樣的長遠的音符，像春風常吹長吹，我們永遠生活在春天。

「己所不欲，勿施於人」，這樣的「度」，不正是春風麼？

《人間福報》，2000.11.13

敬、競、靜、淨

敬、競、靜、淨，這四個通俗易曉的字，完全諧音，代表著人生四個不同層次的境界，原是先父彙集了贈之予我，我現在持之分贈讀者朋友。

國父孫中山先生曾言「知難行易」，即以此四事來說，正復如此。「敬」者，真誠、真摯之義，這是一個常人為人處世必須具備的態度。我們常言「敬業」、「自重」及「敬人」，通指此。先對己誠心誠意，即是「負責」；而後持以待人對事。有了這樣的虔敬之心，其他都無需細究了。常言「誠之所至，金石為開」，這一份虔敬之心，其力度是至大的。舉例來說，一個生活條件不是十分富裕的人，待客以白開水，常令主人慚愧難容。其實，只要真誠待人，白水一杯也許更勝過啤酒、茗茶、咖啡及瓜果之屬。主要是那份心意虔誠，客人是不會覺得不爽的，於是主人也不必自感寒傖了。「君子待人以誠」，此之謂也。

再說「競」。此處言「競」，不是指我們俗說「競爭」，並非爭相出頭，傲視自得的高人一等的風光快感。其實，這只是一種「自勵」或「自惕」的行為，是鞭策自己不要落於人後，凡別人可以做到的，自己就當做到，是相對的「不示弱」的表徵。子曰：「己所不欲，勿施於人」，更是說明了為成功而不擇手段的不可行。這裡的「競」，是落實於「敬」，努力爭先為之，則世界上必然光燦一片。對於個人而言，「競」也是自尊的一種維繫。這才是上進的良方，盡力而為，這是「競」的真正涵義。盡了力，就會心安。心安，便是「靜」了。有了靜心，心便不會被狂慾貪婪盤占，一如明鏡止水，我們常言「心安理得」，這靜的力度便是如此寬宏巨大。「以柔克剛」、「以德報怨」、「大智若愚」，都說明了「靜」的重要。方寸平靜，理乃出焉，「以守為攻」，這是智慧的守則。「心安理得」，是說明了浮躁之心，不可以成大器。諺云「老僧入定」，「定」由「靜」生，所謂「心如止水」，是說任何意念都沉澱下去而不繁生了。俗語說「心靜自然涼」，便是非常受用的話語。心安而得理，這「理」乃是人世間不待言說的偉大力量，所有的巧言詭辯、旁門左道，都在一個「理」前無地自容。所謂「大寂」，便是一種震撼心靈的巨大力量，「無邊落木蕭蕭下，不盡長江滾滾來」，長江滾滾，正是「大寂」反襯出來的。滾滾長江之水，當然是巨大的、驚心動魄的。所以，輕舉妄動，那樣的動作，在「靜」之當前，乃相對的渺小不堪了。「大智若愚，大巧若拙」，不正是如此的嗎？

我們稱說「法力無邊」，此處的「法」乃指佛法。佛祖真宗不談孽法。法者，相也。相在三界，冥冥之中，靜的張力何其浩瀚神達。「靜心」乃學佛最先具備的條件，不能三心二意。心靜則靈生。靈者，行事之本宗也。

最後說「淨」。淨者，真潔也。「無欲則剛」，何以剛？就是因為「無」，無就是淨。道家說「無為」，正是此義。以「無」為「有」，是乃真有，也即大有。俗說「六根清淨」，是言六個生機器官都靜止下來，如同清水一泓，蓮花幽然而生。「苟得」，便是「淨」的反生，心中如果長久存執此念，那就永遠不得清、不得淨。因「淨」而無根，根在佛心。

綜觀言說，「敬、競、靜、淨」乃人生造化四大境界，一朝修得，姑無論何人，人生定然充實富有。

《人間福報》，2000.11.20

淒 美

名詩人鄭愁予先生有一首叫〈牧歌〉（原名「牧羊女」）的新詩，長久以來，都使我念念不忘：

那有姑娘不戴花　那有少年不馳馬
姑娘戴花等出嫁　少年馳馬訪親家
哎——那有花兒不殘凋　那有馬兒不過橋
殘凋的花兒隨地葬　過橋的馬兒不回頭

後來，我得到由臺北「天博有限公司」製作，「滾石有聲出版公司」出版發行的「旅夢」唱片，就是由張世儫先生譜曲，李建復先生繼「龍的傳人」後以撼動人心的歌聲唱出的這首新詩，每一聆及，身心震撼，有一種強力電流通過全身的顫慄，淒美蒼涼的浪漫感受。正如這張唱片的說明書中所寫：「鄭愁予的新詩，細膩情真，感人至深……字裡行間時而豪情萬丈，時而柔情繾綣……就像在浪漫的人生旅行中，看過繁花盡開，萬燈俱明，走遍花落燈滅，回首來時路，重新以真心真情對待自己，珍惜萬事萬物的種種感懷。」

詩，是文學各式體裁中最浪漫的體裁。所謂「浪漫」，當然不脫「美感」，而美感卻不能僅停滯在濃豔膩人繁華的層面，必須要脫俗，臻於淒涼。比方說，唐明皇與楊玉環之間的深情大戀，經大詩人白居易寫來，〈長恨歌〉詩篇如果沒有後面的對於二人神魂交感的愛的描寫，淒美不出，也就定然不會令人真正感到「天長地久有時盡，此恨綿綿無絕期」了。

我們且再以鄭愁予的〈牧歌〉新詩為例來加以稍微詳細的解說。一開始「那有姑娘不戴花，那有少年不馳馬」兩句中，那「那有」二字著實是有才情的詩人高絕的遣辭。看來彷彿是純「主觀」的，卻寓涵了深廣的「客觀」性。這樣的表達方式，其「強撼」的力度，便從詩人手中所握持的筆尖直刺入讀者的心中去了。閉上眼，普天之下，難道不都是少男少女追愛逐情的美麗畫面嗎？接下來的兩句：「姑娘戴花等出嫁，少年馳馬訪親家」，更是不做他想的由詩人的「主觀」而御控了「客觀」。姑娘戴花不一定就是等出嫁，少年馳馬也並非一定就是在於訪親家。但是，詩人的主觀，把少女戴花與少年馳馬有意的拉拼在一塊兒鋪說「愛情」，那麼自然而不著痕跡的方式，真是太好太妙太絕了。再下去就更好更妙更絕了，詩人完全不描寫少男少女追愛逐情的細節，留下整片的空靈給讀者自己去思索填充。那個階段，一下子被「哎——那有花兒不殘凋，那有馬兒不過橋」兩句接上，給你一種晴天霹靂的震驚，那也就是戴花馳馬兩茫茫的失落了。而再下面的兩句「殘凋的花兒隨地葬，過橋的馬兒不回頭」，突然把「淒美」托出，那種浪漫，浸入了我們眼鼻心口，令人唏噓。

「殘凋的花兒隨地葬，過橋的馬兒不回頭」，豈只是愛情如此，世上萬事，總體說來，寧非如此？李後主的詞「流水落花春去也，天上人間」，只有流水而無落花，是無法表示出一個曾為帝王的李後主的內心的淒涼的。沒有那般的淒涼，也就沒有後主詞的「美」了。楚霸王項羽在兵敗烏江自刎前在帳中飲酒觀愛姬舞劍，是太史公司馬遷製造出來的文字「淒美」，令人淚下腸熱。倘若項羽終不自刎，那淒美便不得出。拿破崙滑鐵盧一役，如果沒有兵敗，他也成就不了歷史上令人欽景愛慕的英雄。滑鐵盧的一仗，拿破崙兵敗後來陣亡是「淒美」的。

文學藝術特別強調「殘缺美」，正是如此。所謂「十全十美」固好，但是，如有缺陷，就更美得深邃，就益發使人感念。這樣說來，話歸「愛情」，不管是羅密歐與茱麗葉、梁山伯與祝英台，都因「淒美」而流傳千古。如何才能得到「淒美」？「過橋的馬兒不回頭」，所謂視死如歸是也。立意走去，這種執著，便是造成淒美的必然因素。無論做什麼，追求成功圓滿是人的第一心願，但成功圓滿並不一定帶來「美」感，你要追求精神上的美感，恐怕除了「淒」之外，沒有別的途徑了。

所以，失敗了不必氣餒，「淒美」的勝出，還是有其可取的一面。尤其是少年，我鼓勵大家去嚐嚐「淒美」，去爭取分分秒秒。宋朝詞人朱敦儒說得好：「片時歡笑且相親，明日陰晴未定。」正是。

《人間福報》，2000.12.11

美國《星島日報》，2001.4.21

穿過隧道

從前在臺灣乘坐南北縱貫線的火車，每於抵達臺中縣的十六份山頭，鑽進隧道的時候，大家忽然都十分安靜了。火車在長長的山洞中馳駛，車廂內的燈火似乎暗了下去，正談說著的人，正飲茶啖食的人，一下子都彷彿有所顧忌，閉上了嘴巴。而且，大家不時向玻璃窗外窺視。當然，窗外是黝黑的山洞，什麼也看不見，但見自己的影子映在窗上，由窗外貫穿的風聲撲刷著。我在那樣的時刻，彷彿自己是剛要投世的嬰兒衝擠著穿出娘胎，就要看見有生以來的真光。但我並沒有嬰兒出世前的跌撞奔刺，我只是默默地靜寂地摒住呼吸，等待火車衝出狹隘的隧道洞口，踏上連接洞外光明世界的軌道，大口吐氣地朝向太陽及清新的空氣雲天奔去的歡暢。洞外的軌道是架在谷中的，軋軋的勇猛聲浪滾在谷中，飄在谷底的溪面上，那種快感，真如石破天驚，不易找到恰適的形容。

也許我可以借用幼時玩耍的「萬花筒」來比喻。萬花筒是我們手製的玩具，用三片等長的玻璃架成一個三角形，裝進一個紙糊的筒中，再投入若干零碎的花色玻璃碴屑及一些彩紙屑，便大功告成。瞇起一隻眼窺視紙筒中的玻璃碴及紙屑，五色繽紛；隨手轉動紙筒，即可看見由玻璃折射出的各式光花圖案，異常壯觀。在戰時，那也就是小孩子們所渴盼的豐美的未來生活了。

長大以後，萬花筒中的世界不存在了。在真實的人生中，我們不停地向前衝迎，沒有那麼光彩富麗的生活等待著你而無時不閃爍出誘人的光芒了。亮麗的人生端靠自己去營造開創。雖如此，在長長的萬花筒中滾動翻轉的勁勢仍在，我們仍然癡癡地想著多姿美勝的圖案。

可是，在現實中，坎坷隨處都是。也即是說，人的一生都似在隧道中攀進，很可能長時期處在黑暗的谷中。但是，那便似乘坐火車鑽穿隧道一樣，不管山洞多麼黑，多麼長，在一陣滯悶的時間後，終究必然地洞開日朗，光明一片。那就是最美的最暢適的期待結果。

成長以後，我漸漸在火車穿越隧道的程期中悟出一點道理，那即是，在黑暗中，一切都是實然的、緊擁的、安詳坦朗的、穩重的，於是你可以在那樣的環境中去察覺自己及周遭，這就跟在黑暗中看見室內光亮的屋舍一樣，屋內的一切都曝於你的目前，無所遁隱。反之，在明亮的室中，你是看不清四周的黑暗的，黑暗中的人、物、事都不明朗，似是而非。所以，當你在黑暗中窺向光明，你可以隨心所欲地去設計想像當你進入光明之後的行止。那樣的感受是盛大的，就跟當火車衝出隧道，長笛一聲，震動山谷，與日月擊掌的浩大快欣一樣。所以，在黑暗中，光明才更其光明，光明才更其實然。

我有時在路上看見盲人行走，端靠一根竹竿手杖，但他們是那樣的堅定、勇敢、自信和安詳。正因為他們在黑暗中，長期的培育出一線光明，雖則看不見，但他們知道在遙遠的盡處，他們必然可以似火車穿出隧道一樣，終而快欣的大口吸吐天光。

黑暗，就此而言，似乎並不可怕。可怕的是，你是否真覺得光明在望。

《人間福報》，2000.12.25

巖上無心雲相逐

唐代的大文豪柳宗元先生有一首七言古詩，這樣寫：

漁翁夜傍西巖宿，曉汲清湘燃楚竹。
煙銷日出不見人，欸乃一聲山水綠。
迴看天際下中流，巖上無心雲相逐。

這首詩也可說是漁歌。不過不是漁夫自編自唱，而係柳宗元藉漁夫之口道出其空靈胸心之中的禪意。開首的一句說，天色晚了，漁夫傍著小舟歇宿在西邊的巖下。這完全是「隨遇而安」，就因為並未預想一定是在西巖之下傍宿。舟行極度自然，行到何處，天色晚了，就在舟中和衣而臥。第二句的意思是，漁翁翌晨起來，就在湘水之濱打取清涼的水，燃起楚地的竹子燒水（為洗面解渴）。第三句是縱目望去，清晨的湘水之濱，空寂無人；霧靄散了，朝日已升。第四句是，於是漁翁搖槳駕舟續程，眼前之景，是清清的湘水之濱兩岸一片綠色。最後兩句是說，漁夫人在舟中，在船沿流水飄行之際，回首望去，天邊上的西巖頂端，有飄搖如絮的白雲逍遙。

此詩的外景是清晨靜謐的湘水之濱，朝日已出，萬物寂寂闃無一人。這樣的大靜，由漁翁打湘江之水及燃竹煮水的「動」啟破。燃燒的火與朝日比襯，連通內外，將人與大自然的空靈繫在一起。此時再借用漁翁搖槳盪舟行去的「欸乃」之聲，道出漁夫在日出的湘水之濱的清晨內心的舒暢。何以舒暢？那就是當他隨舟而去，一無罣礙而不期回首遙望，看見了巖上朵朵白雲，輕輕悄悄地在無聲逍遙追逐。這「白雲」，也即是柳宗元藉漁夫的眼中見出的清新的禪意。

「禪」，定然是人在極度清靜的心中才能悟道的。一日悟道，其快樂就似白雲相逐那樣細膩無聲。那西巖，實在就是柳氏筆下的佛心，高高巍巍，無上端莊。只有在那樣的地方，漁夫自然覺得是足可以依傍安然入睡的。這首詩的禪意貫穿充沛，非常鮮活清新。世間之人，都似那一個心地樸質善良的漁人，隨遇而安，沒有一些滯思。當然，也只有在一個人的心中全然了無罣礙的時際，才可以悟道參禪，取得真正實是的心平氣和的快樂。

《人間福報》，2001.5.25

冬天如果來了

看電視，已經成為我每天晚飯前後的必然「工作」了。我說「工作」，並不誇張。此時看電視新聞，因為雖說每日早晨都有讀報習慣，但到了一天工作完畢，歸家以後，便覺報上的新聞已成歷史，而有以新除舊的要求了。不但此時看電視新聞能夠讓自己耳目一新，且因電動畫面的出現，而感到與世間相關的快欣。甚且，圖像、彩色、音樂、人語，都非讀報所能感受。於是乎也有令人舒慰寬坦的怡爽。

其實，看電視最令人感動心牽的原因，便在於「投入」。螢幕上的諸般現象，一如身歷其境。沒有被報「紙」隔開的朦朧與排斥。與世間萬事萬象遭遇邂逅，那是一種非常爽心足意的感覺。有世才有我，有我才有感，有感才有識。這一切都是「活」的，生生息息的。

電視上的綜藝節目，平常自然都是身著光怪陸離的服飾的人，載歌載舞在你眼前滾翻、跳躍、鼓張。不僅如此，一般地說，更是使你全然被動的黏附。舞蹈不論，即以歌唱來說，歌詞多半是令你感覺過於滿足的；都是情愛的表達，而且表達的方式的直截、大膽、挑逗，以我來說，在一天工作完畢，歸家食享之後，應該具有「輕鬆」的佐伴了，但結果卻是過分的負擔。似乎完全沒有自由安和的成分存在，「輕鬆」已然被激情剝削殆盡了。

於是，於此之際，我就不期然自記憶中拉取出一些幼時習唱的歌曲來。那個時代，大約六十至七十年前，我的生活沒有現時的繁雜，人們還可以自怡地享用自己的心意，去呼吸，去觀察，去省思。比方說，我在小學時代習唱的一首歌，叫做「冬天如果來了」。一開始便是這麼鏗鏘的六個重重敲擊的音符，緊接著第二句「春天還會遠嗎」就柔勻輕緩地飄了過來。也同樣是六個音符，但是，那是春風微拂吹散過來的。「冬天如果來了，春天還會遠嗎？」這樣的邏輯，太自然太巧妙了，當你高唱時，你的心便跟著飛飄上天了。但時下的歌曲，就是不願意如此自然協和的展示，一定要把淡粧濃抹，要把情染上血淚，令你呼吸困難。試想，當你哼唱著「冬天如果來了，春天還會遠嗎」的時候，你難道不會感覺春天的腳步業已自遠而近輕緩走來麼？春天，不但是四時的美好季節，你實際上可以把「冬天」視為任何拂逆、不幸、悲悔、傷痛、黑暗的人生階段，如果任何意外的弗順的事發生了，但是，只要向前看，豎起耳朵諦聽，你必然會聽見春之聲的。春之聲就是歡暢如意，就是紓解。

這樣，你便永遠只見春光爛漫，你便永遠健康實然的存在下去，這就是人生。

《人間福報》，2001.6.26

情天

中國的「情」字，是非常關乎衷道氣盈的。將它與「愛」連用，便更其凸顯美盛了。所謂「情何以堪」，乃不言自明。俗謂「談情說愛」，彷彿是因情生愛的，並非泛泛之言。「兩情相悅」便是此理。因情而愛，才愛得完整深邃，肺腑腸熱，這方是真情。真情也者，不是懸於唇邊舌上的甜言蜜語，更非一串華而不實的形容詞句。當然，絕不是但以「行動」（物欲的）為表現的蠢蠢蠻勇了。無情的愛，但藉愛言愛，是虛浮的、偽美的，毫無內涵的。一般談情說愛之人，最最喜好並慣於取巧的方面也正不幸如此。什麼「永生不渝」啦，「你中有我」啦，「海枯石爛」啦……都言不及義。

「情」究係什麼？它是發乎自然的一種心理上的動作。〈禮運大同篇〉說：「何謂人情？喜、怒、哀、懼、愛、惡、欲七者，弗學而能。」「弗學而能」，便是發乎自然，這是一個生物本體的本能。我們所謂的「私意」或「男女之愛」，乃是附屬性的引申。定情而結婚，正是如此這般。這樣看來，無情之愛必乃虛矯，不待言說。這裡我們也可看出，「愛」是兩造之間的心理描述，而「情」乃係兩造都具有而放射，如電光陰陽二極接觸發生的動力，於是「愛」乃生焉。

所以，真摯的情，必然豐沛偉大，一如流水涓涓，溫馨無聲。此處言其「無聲」，是謂「此時無聲勝有聲」，無需藉用語言闡說。

病痛，屬於「七情」中的「哀」與「惡」。但，這也是考驗吾人情愛的試金石。病痛正代表著幸福美好的殘缺。凡患病有痛之人，凡對情愛有深識者，都會悔恨以此剝殘不幸對之於親友，而自認係大內疚，於是懷著「不忍人之心」而對待四圍周遭，真是「情何以堪」。相反的，凡對患病有痛之人關愛細膩者，情知對方或恐不安，故而默默祝禱，無言悄悄以待。對於雙方來說，都是至情彌深，感人肺腑。中外古今的深情大愛，莫不如此。小說電影中的情節之所以感人至深，端乃因情重似天，浩瀚碩大之故。

癌症是近代人類的大悲苦。近十數二十年來，我的親人及朋友因癌症而故者，已經太多太多了。患染此症與其周遭之人兩造雙方，為情煎熬，真何以堪。醫學至今對此症一無對策，我認為一經不幸患上此疾者，最好頂上的態度應是「達生」，樂觀前瞻。此生已有，原係大福，這不是你祈求得來，故今朝緣滅而歸化，又何悲苦之有？是故，不必愁顏自苦或面對四周關愛之人，把傷痛減輕至最低，極關重要。試想，你的悲痛失望，更其加重旁人的無助大憾。他們原本愛莫能助了，何以棄情而令人傷悲無奈？而對於患症者表示關愛的最好方式，當係以平常心細膩遇之，不必言說什麼，也不必急切表現什麼，以情度人，這「情」一似涓涓流水，潺緩無聲，這才是最溫馨的愛，這才是對病患最大的似天的慰撫。

所謂「達生」，便是看破一切，如自然之始終，了無羈絆，是乃真正的逍遙。其中最關重要的一點，乃是「無懼」。此處言「無懼」，不是說明目張膽的為非做歹，而是對於一切外物的不滯不婪，心平氣和，隨遇而安。最近看到名作家老舍先生夫人胡絜青女士謝世，有一篇文章記述胡女士生前自律的八個大字正是「心平氣和，隨遇而安」，「也無風雨也無晴」，逍遙了一生。

《人間福報》，2001.8.6

居安思危

生在當今充實富有舒適的年代，要談居安思危的概念，很多人一定會覺得迂闊無聊和乏味。於是乎我就想到中國固有的一些成語俗說，其實那是自來的先祖先哲在生活中摘取製成的，必有其千真萬確顛撲不破的涵義，是定然可以傳之久遠而常新的。

比方說，當今的社會，剩飯剩菜已經是一般人視之為「棄之不足惜」的垃圾了。但，在我的幼年，兵荒馬亂，生死難料的日子，有飯菜可食，而無需挨飢挨餓，即使剩菜剩飯，都是大好的東西，豈有棄之的道理？我說這話，實係有感而發。妻返臺省親，在冰箱的冷凍層中放了預製的菜飯，供我與兒子在伊不在家主炊時期食用。每當我自凍箱中拿取一盒菜式解凍放置微波電爐中加溫以備食用，兒子總是在一旁說：「又是剩菜。」我告訴他這不是「剩菜」，剩菜是未食盡的殘餘，而我們吃的是預先製做好，未經食用的。但他聳肩自唇齒中擠出來這樣的話：“Well, it’s about the same.” 這就不能再跟他長篇大論了。否則，他又要譏笑我在搬說上古史了。我只說：「這是中式冷凍食品，莊太太手製，無處可買。」

兒子會有這樣的反應說詞，乃是環境使然。他生長在美國的一個中產家庭，沒吃過苦，沒受過罪，說這樣的話，也就罷了。問題是我的一些同齡朋友，竟然也有與我兒子同樣的思維，那就頗不易解了。

一個朋友說得好：「我們是在美國，沒有戰亂苦難，為什麼我們要吃剩菜？如果我們還得吃剩菜，那就是說我們的生活毫無長進。生活在二十一世紀的富足社會，糟蹋一點是合情合理的。我絕不吃剩菜。我的生活是憑我的知識及能力賺取到的，我不吃剩菜，這是我的選擇，這也是我的自由。」

我的朋友說得對。固然我們應向前看，但也該時時想及過往。沒有過往，焉有現在未來？「好」是漸進的，可是生活並不永遠平坦隨心，我們如果總有我這位朋友的想法，則是因為他的心並不平順，並不隨心所欲。只有無欲之心才能剛，才通緣，才美好自如，才快樂實享。

《人間福報》，2001.8.27

美國《星島日報》，2001.9.29

逐臭

月前，發自美國佛羅里達州的美聯社新聞說，該地的高級大旅館內經發現臭蟲肆虐的情事已越來越多，不僅如此，全美各地的國際觀光旅館中有類似傳聞者也日益頻繁普遍，更日趨嚴重了。

臭蟲一物，今時的人可能都只聽聞而未見過。在我早年的中日戰爭期，臭蟲可被稱為家居「常客」。常客也者，不請自至，也絕不以擾人為意之謂。我如是稱說，絕非誇大，凡身經大難之人，我相信都會會心一笑。此蟲因環境骯髒簡陋而生，卻偏偏又喜歡攀人為朋，吸血煩擾。如果把牠列為交友不慎的「癟三」混帳東西，似不為過。

臭蟲與老鼠、蟑螂、蝨子、跳蚤、蚊子、蒼蠅等同為居家的害群之馬，大概無人持有異議。抗戰時期，百事維艱，晚上入寢都靠硬木板床或竹床棲身。該時沒有什麼「席夢思」(Simmons) 錦繡軟適臥具，臭蟲入夜大舉來犯是平常事。人在白天經受了精神與物質雙方面的煎熬與耗損，入睡之際尚且有此友爬上你的身軀，做屠門大嚼，的是可惡的小人行徑。我猶記幼少時半夜被臭蟲夜襲而起身抗戰的情形。一人挑燈披衣而起，其他人也同仇敵愾聯手作戰。人人手執草紙數張，翻褥倒枕捉拿。由於此公善於隱藏，每於飽吸人血之後，匿退藏身在板縫中，極不易捕獲。當時殲殺臭蟲的戰術有兩種，一為「水攻」，一為「木攻」。前者是煮燒熱水，然後提壺淋澆，將臭蟲自床木板中滌出驅屠。後者是用火柴棍，將底部削尖，伸插入床縫中剔之，然後用草紙裹包其身，逐一以大拇指及食指捏斃。半小時光景，草紙上陳屍累累，血漬斑斑，而隨水浮沉漂流者更不可勝計。

勝利以後，自渝還（南）京，未再見過臭蟲恩公。再後來浮海去臺，由於日人對環境衛生的注意及大力整治，街屋齊潔，便也不再有臭蟲欺人之嘆。我在臺時，無論家居或大學住校，臥具雖也為木床，但無臭蟲苦害。出國離家之後，先澳洲而美國，床舖都升級為錦繡的「席夢思」床了。物質環境的精進，日享之餘，除了與「陰溝流水」(English)拚搏稍感苦累外，入夜好夢連床，全無疾苦矣。如今，這當年的「患難之交」竟也不甘寂寞，自遠方伴隨遊客行囊而堂堂進入花旗國觀光來了，牠們已在觀光豪華大旅館中臭名遠揚了。據美聯社的電文稱，自一九九九年以來，僅佛羅里達一州居民要求清除臭蟲服務的陡然增加了十倍。而商務部的國家統計數字說，去年一年來美觀光的外籍客人高達創紀錄的五千一百萬人。似此，倘從亞洲來的觀光客人不幸將當年的患難之交帶了進來，在觀光客人數攀升的同時，大大擴張屬地，而最後惹怒了老美，一夕之間美國人變成眥目的逐臭之夫，那就令人赧顏唏噓，啼笑皆非了。

其實，臭蟲肆虐，尚不打緊，倘若有朝一日牠們自高級的大旅館中降身以求遷入百姓之家，那麼，商業必有因應之道，做出似清除螞蟻、蟑螂、蝸牛……那樣的藥物來，供居家殲小逐臭之用的。問題是，當今的社會上，由人蛻變為「臭蟲人」的人太多了，生活日進，文明益昌，這樣的「臭蟲人」攀在社會的各層面，擾人煩人，他們雖不似大奸大盜那般可惡可怕，然則，匿於暗處，伺機向常人進攻，一如臭蟲入夜大舉來犯，也頗令人不安。我們似乎也應該以「木攻」（棒打）或「水攻」（口誅）或其他有效方式來對這種臭蟲人展開掃蕩，不亦宜乎？

文明日盛，「人」的日子總不該也不可不進反退。當然，我們也絕對不能讓臭蟲輩的小人臭名遠揚了。

《人間福報》，2001.11.11

永遠參與

耶誕節前，有朋友邀約去聆賞此間聖荷西市的一個合唱團的演出。節目定為「假期視聽歌舞音樂表演」(Showcase Chorus—Sights and Sounds of the Holidays)。合唱計分男子合唱，女子合唱，男女混組合唱及四人或三人唱等。舞的部分則倚重聖誕主旨配以音樂歌唱。重要的是，所有參加演出的人，沒有青少年，全是三十以上的成年男女，最長者已壽高七十矣。而猶有令人不能相信者，是有許多演出者實是坐在輪椅上，經人推送上臺歌唱表演。這些人演出之賣力、之自然生動、之眉目傳情、之歌聲言笑……全似弱冠之人或金童玉女。尤其女士們，個個神采奕奕，其妝扮之輕盈，其動作之純妙，其歌聲之唯美，絕對不亞於亭亭的二八年華少女，令人動容興歎。溫馨圓潤的歌喉，直如大詩人白樂天在其長詩〈長恨歌〉中所言，是令人頓生「盡日君王看不足」的「仙樂風飄處處聞」。

這樣的觀感，簡言之，得一「美」字。美者，「美好」、「美滿」、「美不勝收」也。這「美」，是發乎內心，動之於情，表之於身，一種從頭至尾有始有終的「參與」。試想，如此之投入，如此之喜戀，如此之感受詮釋，已經是完全「忘我」的境地了。而所謂「忘我」，便是一己的實際投入參與，捨此無他。之所以投入、參與，便是意在「美滿」，為追求此一目的過程，乃展現出「美不勝收」的情況。

我們評斷西方人士，尤其是女性，慣有的態度是覺得女人們到了人老珠黃的歲數而不知收斂藏拙。對於西方老女士那種打扮得亮麗花枝招展甚至嬈冶濃豔的行徑，總是不屑地嗤之以鼻，甚而嘲辱她們是「不見羞」的老妖怪。於是乎就反襯出中國人的「藏」的哲學觀來。這種哲學觀的命題，說白了，就是排斥「參與」。我們認為的參與過程，是有時限的。「學而優則仕」，那時限就在「學而優」，不是一個平白無故的人可得，是有條件的。而西方人則不然。他們認為，大凡人世間事，人人得以參與，人人得以追逐享受。一個女人，即使是到了我們所說的遲暮之年，卻沒有人可以剝奪其愛美的喜戀。個人意志必然得到尊重。女人這種「不服輸」的本能，令她們衝破年歲的戒障，自自然然，實實在在地去表現少女對於身為「女性」的天賦愛美憧憬，追求美好，美滿，要得到淋漓的美不勝收。這樣的感覺，其實是一種強勢的生之欲望，它永遠帶動一己向前積極躍動。胭脂口紅，珠飾錦衣，我們認為那是少女專有，女人老了就要「服老」，要藏要退，不該「沒見羞」地一味追取了。

西人的這種永不放棄（棄權——天賦人權一說，似乎更精好），參與到底的大無畏精神與信念，正是他們一向進取，冒險犯難探索的原動力。參與進取乃有得，有得可能是負面的，於是再進取，終而達到目的。而我們中國人的「藏」的哲學，向來被引申為「明哲保身」，也許一己之身是保住了，但是，若人人如此，我們的公社會便只能朝向「靜止」移動。為何？因為大家都不參與，缺少了一個大匯合的動力，於是停滯不前，甚至不進則退，未老先衰了。

拿政治來說，西人表現政治力的方式就是「參與」。我們不必期盼每個人都角逐政治實利，現代民主政治最入階的方式便是「投票」。投票就是參與。那是神聖的，那是成熟的，那是有力的。西人就是不願平白無故棄權，而要用積極的行為來達成之。經過一己實際投票選舉出的代表，倘若不稱職，那就再「參與」，投票罷黜之。於是，西人不會像我們一樣，對於劣跡昭彰不稱職的政府公職人員，只會搖頭嘆息。

其實，這樣的參與精神，與生俱來。只要我們堅持意志信念，戮力維護，不論是生活的哪一部分哪一層次，必然會有美不勝收的結果的。

《人間福報》，2002.1.25

己所不欲，勿施於人

「己所不欲，勿施於人」，這是中國儒家訂出的一種處世哲學態度。在西方，他們卻有一條自認的「金律」(Golden Rule)。一般來說，意為「己之所欲，亦施於人」。典出基督教《新約・馬太福音》。英文釋為"One should behave toward others as one would have others behave toward oneself."基督教人士，咸認此乃較之於中國儒家前述學說更為積極的諦解。

之所以西方人覺得儒家的解說不夠積極，大約是因為西方文化太過重視「個人」的緣故。他們的這種廣為推銷「個人」的文化，說穿了，與他們的四方殖民的作為其實是同理的。即拿宗教來說，雖言世界宗教的主旨皆不脫「導人向善」的旨意，但中、西對於廣被教義的作法，在程度與方式上似乎有所不同的著重。我們知道，像基督教的摩門教，他們鼓勵且主張教友騎著單車，披風冒雨，挨家沿戶去宣揚教義，不憚其煩，不辭其苦。這就是個人主義導生的行為，而佛教則不同。信佛的人，被要求達成一己的誠善。而非強加之於人。大體上說，西方文化是比較「排他」的，比較「自私」的，很是「個人」的。這樣的文化現象充斥於各層面。「個人」的傳染，其效力往往有驚人的程度。比方說，衣著的牛仔裝，飲食的漢堡牛肉……其風靡廣被無須誇說。在政治上，西方之強銷「民主」即是一例。「己之所欲，亦施於人」，凡他們認為好的，便施之於人，旨在「共享」。如果你有自己的享受，而一時不能接納他們的，則他們的是非觀立即將你的主導的觀念強制為「不好」，於是衝突就發生了。

比方說，某人嗜苦或辣，因係個人嗜好，而不必挨家沿戶去推廣此種對苦對辣的認同。即使真的希望別人與你「有志一同」，頂多在親朋間宣說，而斷無大街小巷敲門按鈴去告訴之一說。我在海外生活了數十年，對於教友不辭辛勞扣門宣傳之舉，真的到了引以為煩惱的地步。英文有「請勿遊說」(No Soliciting) 的牌子，貼在門首，可見強調個人的地方也有對此種「己之所欲，亦施於人」的行事觀「礙難接受」。

我在一九八二年香港中文大學的《新亞學術集刊》上曾見一篇英文論文，名為 On the Negative Version of the Golden Rule as Formulated by Confucius，該刊中譯為「論金律在孔子思想中之消極表現」。作者認為英文中譯孔子所說「己所不欲，勿施於人」(Do not do to others what you do not want others to do to you.) 是孔子把「金律」用消極的方式表達了。孔子之所以如此，乃有意而為，是為了避免「道德上的損害」(moral harm)，也同時為了輔助「道德的成長」(moral growth)，這都是著眼於儒家「性善」一說的謙遜本義結果。關於「道德上的損害」一說，作者還舉了一個例子說明「積極」說的不當：有一位吃素的印度人即將餓死，於是相信「金律」有積極作用的人意欲拿肉食去營救。這在用意上雖好，卻可能造成了「道德上的損害」。這當然可被認為是為孔子的思想做了邏輯和哲學倫理上的解說。

我提出這個例子，正在說明意欲「金律」積極說的固執可怕性。但佛家的人，卻沒有用那樣硬性的強制式去宣揚教義，而係百般解說去惑，讓人自悟。

世界上的事，千變萬化。自從「相對論」的發明，我們對許許多多情事現象的解釋，都漸漸多元起來了。但這並不表示「莫衷一是」，而是說，在人類道德文化規範之下，對、錯早經分明，只是「行事」的原則與方式或有不同，不能強說「非此不可」。果真如此，世界早就淨化了，太平了。佛教之承認「居士」一說，便是最好的證明。居士可以吃肉，但只要誠心正意遷善就足矣。這樣，居士跟出家人同樣的有佛心。在歷史上，西方有所謂的「宗教戰爭」，我認為即是極怪異可笑的。「己所不欲，勿施於人」，既然標出了「己」，就由一己先行，不必去騷擾別人了。這樣說來，「己所不欲，勿施於人」，其實正是有其積極性，而同時又顧及道德的說法，真好。

《人間福報》，2002.3.5

美國《星島日報》，2002.2.16

春衫加意薄

當年讀大學的時候，我的老師鄭騫教授在講授「宋詞」一課的堂上，向我們宣誦他自己身為大學生時自製的小詞的兩句：「春衫加意薄，有味是輕寒。」現在，正是春天了，爛漫氣息充斥遠近。望著園內綠葉繁花，忽然想起四十年前的大學往事，神馳大海彼岸，歡欣卻又憮然良久。棲遲天涯已三十餘寒暑，青春早逝，能不感慨。

於此時，我不但憶起當年臺灣時的學生生涯，待神思的箭射向神州大陸我方童少的歲時，彷彿又雜沓在大隊的兒童中，背著水壺乾糧，在春寒微風煦日下昂步跨出城門去遠足踏青了。童少期的快樂真是純正完好的，在當時對日抗戰的窘艱氛圍裡，我們可以拋開一切，一瓶清水，兩個飯糰或饅頭，就會把我們的神經騰昇到無窮的欣然層面，快樂帶動雙腳，共春風飄搖奔向前方，把自己投交給大自然。

那種快樂是幸福無價的。恐怕就是「春衫加意薄，有味是輕寒」的作用了罷。刻意把春衫削薄，浮浴在微冷的寒意中，享受難以宣說的刺激舒爽和天不怕地不怕的呼吸狂喜，這也就只有童少時才有，可以說成是童少的專利罷。漸長以後，春衫也許仍是加意薄的，但所感受到的就未必是「有味」的輕寒了。對於應付環境而增長而遲鈍的神經來說，似乎「輕寒」已經覺得有些難耐了。「有味」，乃是天不怕地不怕的童少專有的感覺。童少對於世上一切的一切，不都覺得「有味」，都可一一解決麼？此種意識，方是經營未來的投石問路前瞻吧！「怕冷」純係身體及心理老化了之後的感覺，「料峭」是童少和老朽俱能感受的神經刺激。但，「有味」，則必然是童少方有的特感了。

我非常懷念過去那種有「有味是輕寒」的感受的階段，因為我必然也是從含有了豐富的「有味」感覺的童少期走過來的。英文對學程中啟始部分的生徒喚為freshman的說法，我是十分欣賞的。它不像我們「賣老」「倚老」的文化那麼僵硬固化。現在，臺灣把這個英文字譯為「新鮮人」，非常好。「新鮮」，實際是代表著「日日新，苟日新」的理念的。一個社會，一個國家，一個民族，永遠應該讓「新鮮人」打頭陣，這樣，我們才會長住於一個常新，永遠有「輕寒」的春天氛圍裡。美國之所以強大富盛，除了地緣上的優勢外，其組成國家人口的年輕，其思想之活躍，那種無時不創新的精神，我認為都是

「春衫加意薄，有味是輕寒」的奮振結果。

中國人有關「春」的意識和描寫多之又多，結果變成了老生常談了。掛在唇邊、書在紙上是不足的，讓我們奮步在春風中狂奔罷。

小時候，我唱過一支歌，其中有這麼為首的幾句：「春風吹，吹得熱血燒胸膛；大家來，大家高歌齊歡唱。」讓我們來高唱吧！

《人間福報》，2002.3.27

美國《星島日報》，2002.3.16

逍遙

「逍遙」一語，最早見於《詩經》，意為悠遊自得。《莊子》一書有〈逍遙遊〉一篇，這一「遊」字，大大把逍遙之精義譜了出來，大義言宇宙間物無大小，寓形天地，一任其性則無不自得。用現代語詞來說，便是「逍遙自在」，無罣無礙。「無礙」，乃可「遊」也。英文謂 be leisurely and carefree，正是此之謂也。所謂「逍遙」，即是灑落豁脫，無拘無束。「瀟」者，言水深且清，魚沉其中，來去自如。人之生存於天地間，大塊吐氣，自由呼吸，一似魚游於瀟瀟之水。之所以可得自由呼吸，要緊的是「不滯」，任性勿苟得，這就是逍遙的微言大義了。俗言要「活得瀟灑」，即是不滯。有人失戀，痛不欲生，這就是犯了「滯」的毛病。試想，在你未遇到夢寐以求的對象之前，你不是也瀟瀟灑灑地走過來了嗎？那為什麼如今竟意不能平，但求一死了之呢？大千世界中男男女女，難道就真的沒有一個及得上你心目中的意中人麼？更何況戀愛一事，完全不是由一己可以充分掌控的。只要盡力而為，成敗與否不必罣於心中。有人認為戀愛期中最不能忍受的乃是有人「橫刀奪愛」，如果你不幸正是那個敗者，但何妨想想那橫刀之人，為什麼可以奪愛？必定是有你所不具備的成功條件使然。中國文化中有「隨緣」一說，最能解答這等迷惑，辛稼軒詞云：「隨緣道理應須會，過分功名莫相求」，就是我們最好的座右銘。「隨緣」，即是不滯。是屬於你的，誰也取不走；不屬於你的，無論怎樣設法卻也留不住。這點道理，你一旦掌握住了，便可以如莊子化為蝴蝶翩翩起舞了。

隨緣的妙處不是鼓勵一個人事事拋開自己，不去競爭，那就大錯了。它其實是勉勵為人處事不要「過分」，不要認為「一定要達成目的」不可。越是如此，實則痛苦越大越深。因為是自己把情事成否的尺度定得太過僵硬，沒有旋轉的餘裕了。非黑即白，完完全全把其間「灰」的成分摒除掉了。這也就是中國俗說「矯枉過正」的毛病。所以，中國儒家「中庸」的學說，實則乃是最積極的為人處世哲學。生活在西方社會久了，很容易使人不察而完全接受了他們的文化，這是非常不智也很可惜的。

宋代大詞家辛稼軒還有幾句好詞，說：「一松一竹真朋友，山鳥山花好弟兄」、「味無味處行吾樂，材不材間過此生」，都是為自己寬解舒放的妙方。「不甘」就是執著，就是「滯」，如果事事都黑白二分，則非憂恨即喜戀，完全失去了平靜了。「灰」即是黑與白之間的平衡點，此乃至關重要。拿「哲學」來說，中國的哲學，不論儒道，大皆強調生活，是「生活的哲學」。既如此，生活的最終目的正在於如何營造達成圓滿自適，不是嗎？

另外一位宋代大詞家蘇東坡也說：「也無風雨也無晴」。正是告誡我們不要把諸事搞得太過僵硬，既來之則安之，這並不消極，而正是養精蓄銳迎取最大佳境的序曲。你不喜歡下雨，但就是下雨了，一直到了科學發達的今天我們都無法將雨天變成朗朗青天白日。那你為什麼不問問自己：「難道一年三百六十五天天天都下雨下得稀里嘩啦嗎？」答案一定是「不然」。那你的希望就來了，你的快樂就有了。

連蘇東坡那麼豁達瀟灑的人，都免不了有「長恨此身非我有，何時忘卻營營」，於是乃有「夜闌風靜縠紋平，小舟從此逝，江海寄餘生」之想，於是他乃有「古今如夢，何曾夢覺，但有舊歡今怨」之嘆。那我們一般凡夫俗子，似乎更應該自救，把生活調理得更逍遙一些了。

家父當年曾自製一聯語，其上聯為「人間世作逍遙遊得天下之至樂」，就是說我們實應建立自己怡然自得的人生觀。快樂是要自求的，只有「自求」，才能「多福」。而快樂是「趣味」引發的，趣味正是需靠個人尋取的，有時人棄我取，另有天地。達觀而自信，宇宙之大，大千真的可以令你自由婆娑了。

《人間福報》，2002.4.24

美國《星島日報》，2002.3.10

做人七事

從前在中國讀書，小、中學階段都經有「導師制」，由所謂「級任導師」作為「德育」的負責人。「師」之一職，中國與西方有著頗大的不同。在西方，師的職責端在於「傳道解惑」，「德育」之責，是由「家教」承擔。孩童入學以後，家長乃將這份責任與工作託付給「師」，不僅傳道解惑，師之經託育人，其實最重要的乃是身教，所以中國文化尊師為「萬世師表」。表者，以個人樹立典範懿行，讓學生領受。

可是在西土，他們沒有中國儒家的風範原則，基本上他們是以宗教立國，宗教代替了家長與老師，「做人」的事，乃由教義取代了。尤其在「個人主義」倡行以後，個人的尊嚴高高在上，睥睨一切。故家長在課責子嗣上的用力，可以說基本上不能偏離「個人主義」的旨臯。而在近代及現代，社會日新，各派學說倡立以新汰舊，在這樣的潮流之下，「個人」實際上頗難掌握自控。宗教上既無過往的苛嚴，個人主義大倡的結果，一個個的「個人」，在茫茫中沉浮，稍一不慎，乃被人潮吞沒。

我在西方社會生活了數十年後，深深感覺到此點。故對下一代的教育，特別是在「德育」方面，基本上我是非常重視家長要承擔起「做人」的責任的。一定要把這一層意義，傳授給下一代，讓子弟在雜亂的世俗中有一個起碼的為人處世的依據。所謂「做人」，我用英文告誡我的兒子時就這樣說：“That actually means that for a person to know how to behave oneself as a reasonable human being.”只是這樣說，仍令我兒迷惑難解，於是再度細述，歸納出來幾項原則讓他消化知曉，把「人」之所以為人，超出動物層級遠之的這種事實及經過其他動物所未經受過的文化薰育的績效，大大的彰顯出來。現代的新觀念新學說，都一而再再而三地把萬物靠人力提升到似乎受過教化的地步，讓萬物也同受感恩了。我常覺得此舉的用意固好，但是人類是因進化而成為「萬物之靈」的，其他非人的動物，未經進化而斷然以人之情理對待，這就略有「揠苗助長」之譏了。人可以吃素，但動物中的獅虎貓狗，姑無論家飼或動物園中養殖，牠們不會因透過知識而棄食肉類的，這不是很明顯自然的事嗎？你見過不食肉類的動物如獅虎貓狗嗎？我說 to behave reasonably，似乎也只能對人才能稱說。獅虎的巨齒利爪，是不能避免嗜血沾腥的。即使不靠捕食活生生的動物，牠們靠人飼養，但是牠們知曉「人道」精神及衛生醫學嗎？

所以，我認為人類今天最重要的課題，便是務必在教育方面重申並大力提倡「做人」一說，只有這樣，才是最根本的解決亂源之道。

我對吾兒提出「做人」一說，實係機會教育。那天我偕同他駕車去機場迎接妻自臺返美。當我們步出大廳，行在去停車處的途中，兒子突然回頭站立在我與妻面前，稍顯興奮又透露著幾分嚴肅用誠摯的聲音鄭重宣告：「我有女朋友了。」「有女朋友了」，對時下的青少年來說，太不是什麼大事了，太稀鬆平常了。君不見，少男少女嗑藥、使用保險套，婚前同居，一夕性交三月析離的種種，有何會讓為父母者瞠目、拒斥之有？因此，當我聽到見及兒子以鄭重誠摯的態度做出宣言時，我的反應是極為欣慰的。因為我知道，我與妻對他的家庭教育基本上收得了成效。妻於聞說之後，不似我一時尚在驚詫之中不知何以立對，她一個箭步竄到前面，以手撫拍兒子肩背，笑盈盈地道：「Congratulations。你這可是給媽媽最好的見面大禮。太好了。」她用的「太好了」一詞，似有萬鈞之力，言簡意賅，一切都在不言之中。而我對兒子講說了「做人」道理後，也誠懇並加強地說：「不管對象是誰，只要你能做到我說的做人原則，我們都百分之百的大力支持，這畢竟是你的選擇。」

我的「做人」原則，歸而納之，約有七事，是這樣：

一、自愛。用英文說是 to have self-respect。我們稱說「人必自侮而後人侮之」即指此而言。自愛自重，這是為人基本原則，絕對不可忽視。

二、自覺。時時惕勵自省，「有則改之，無則嘉勉」。要有洞察世事的能力，什麼是黑，什麼是白。有黑白豈可顛倒黑白，無是非切莫招惹是非。

三、自制。不逞能，不使氣，凡事但憑常識行之中庸，不過分，有原則。宋代大詞家辛稼軒有云：「味無味處行吾樂，材不材間過此生」，就是最好的說明。不受外界干擾，我心清明。

四、自豪。有了前述三項，則可以堂堂正正，頂天立地做一個令人稱善的榜樣。行事有矩，不猥瑣，不搖擺。

五、有擔當。對於所做所為，絕對負責。不管外人如何批評，既是自己決定，便巋然不動。

六、有格調。事無巨細，只要立意去做，根據前述原則，讓別人刮目相看。俗謂「幹得漂漂亮亮」，此之謂也。

七、有始有終。一朝決定去做，便要有決心，努力完成。不可三心二意，不可舉棋不定，不可半途而廢。

此七事備，做人之不成功者，未之有也。

《人間福報》，2002.8.29

美國《星島日報》，2002.5.11

落紅不是無情物

清代的詩人龔自珍先生有一首七言絕句，這樣寫：

浩蕩離愁白日斜，吟鞭東指即天涯；
落紅不是無情物，化作春泥更護花。

我非常喜歡這首詩作的後面兩句，因為把溫柔敦厚生生代謝的情感都細膩無聲地表達出來了。

我在前此的文章「舊情」中，就已道出今人許多因新而棄故的情緒，如今引用龔氏此詩願再一探故情之博大浩瀚溫潤。前些日子，我在後園整理花草並剪樹，見沿牆地上落葉中的空隙間綻出小花數枝。而相去約四、五尺的空地上因無落葉覆蓋而竟然光禿禿的呈現著乾土的瘠貧憔悴，於是乎驟然聯想起龔氏這首七言絕句來。「化作春泥更護花」，是了，落葉的一部分業已腐朽摻入了泥土，大約是這等結果吧，故泥土格外潤沃，於是野花的種子埋沉其間，由覆於地面的敗葉的間隙中綻甦挺生。我把敗葉掃除，又淋澆了水，滿心暢悅地期待小花的成長。再去看望竹叢，在老去的枯黃了的椏間，碧綠的新竹葉在風中昂首招揚。我心想，要不是舊葉乾枝已頹廢，那新葉便不可能有機會暢生的了。站立竹前，望著黃綠之間的景象，頗有所感。而忽然自園左後方的九重葛藤盤深處傳來吱吱唧唧的幼鳥鳴聲。於是循聲走去，扒開藤刺看望，見一鳥巢，大鳥大概尋食不在，只見兩隻幼鳥瞇了眼睛孵在巢中。巢是用樹枝敗草築成，何時築成，全然不知。兩隻幼鳥實際是臥在大鳥身上脫下的一片羽毛毯上。看上去，這兩隻幼鳥必然是感受到深厚的溫暖的。俟大鳥歸來，把食物餵吐給牠們之後，牠們就可伴著大鳥幸福地睡去了。

在政治上，急切的大刀闊斧改革，那就是革命。要把過去既有一刀兩斷，激進的手段方式，意在事事標新。革命其實是頗傷元氣的，其重要因素乃是沒有了「落紅不是無情物，化作春泥更護花」的情感，所謂「承傳」，一切都失落一盡了。所以，改革可以，但定然要有歷史循因，否則，「護花」的使命蕩然，恢復元氣是耗費力量的。中國的俗話

「有則改之，無則嘉勉」說得最好，這就是「化作春泥更護花」的另一種表述。不是不計一切連根拔除，那只是匹夫之勇，成不了氣候。佛家說「放下屠刀，立地成佛」，就是寬厚恩澤浩瀚溫潤的戒說，其目的在於「護花」，而非摧花。佛語「慈眉善目」，最能道表這一層意思。你看佛像，無論古今，都是如此。何以故？我想就是這份溫柔敦厚的情感吧！

《人間福報》，2002.6.21

我的廚房主義

有一次，朋友曾以這樣意想不到的話題詢之於我：「一旦閣下知道明日即將駕鶴西去，此生休矣，現在有快事二樁供君任選：一為有美人供你今宵一夕風流；一為備有美食佳釀供你啖享，你要哪一項?」

朋友抿嘴巧笑覷我，口噴香煙，等著看樂子。殊知我立即作答，且氣定神閑，語音鏗鏘道：「人生將盡，天國寂寥，鬼域陰森駭人，但願飲啖稱意，長睡不醒。」這說來已有數年之久了。如今馬齒又增，接近古稀之歲，搔首思憶，對於當年的快人快語，頗為欣賞。肺腑之言，至死無悔也。

聖人有云：「食、色，性也。」把「食」排在首位，就常識而論，似乎也多少表出了聖人心中的孰重孰輕次序和看法。我在美酒佳餚及與絕世佳人一夕風流二者之間毫不疑惑的選擇了前者，除了聖人之言切切以外，還有我的考量。我是現代人，雖說沒有科學頭腦，但有科學知識。「造愛」藝術，若想得到巫山雲雨仙境，所謂兩情相悅，絕非匹夫之勇可臻。奉獻與攝取，務必掌握得宜，始能盡歡。而且，對於環境氣氛之營造，更是大意不得。最後心力交瘁，對於一個生命僅在旦夕的人而言，這樣的「雙向溝通」是很辛苦的。絕對不如美酒佳餚當前，似李太白花前月下對影成三人也好，暢懷獨酌也罷，有進無出，主動達到滿足之感。反正獨斷獨行，絕不傷人，天下美事，焉有過於此者。

我是一個非常重視飲食之人。而親友中或爭名或奪利者多矣。每天忙碌得昏天黑地，席不暇暖，暴飲暴食。有時抓住一個漢堡麵包就胡亂解決民生問題，對於「吃」的福享無緣也無興趣注意。其結果，數十寒暑就這麼讓它輕易溜走。有人更因對工作的過分投入到廢寢忘食，空辜負了錦堂風月，心勞日絀，人在英年卻遽歸道山了。半世紀前在臺灣，有一份由鐵路局編銷的「暢流」雜誌，我曾經在該刊上看見署名陳一金的作家，用豐子愷先生的漫畫筆法作出「人生樂事」主題的漫畫，名為「吃四個人的菜」，至今猶記憶清新。「吃四個人的菜」可能只是以「量」勝，而我所說的美酒佳餚，則不但量勝，而「質」益進。說到吃，我認為這是與「酒」脫不了干係的事。美食當前，佐以美酒，真是相得益彰。當年先父及他的大學同窗老友臺靜農教授在世時，每飯必酒，但所飲適量。

有時我見他們以一小碟小蔥拌豆腐，若干花生米，或兩塊豆腐乾，數片燻烤的烏魚子，慢慢獨酌或對飲，談說著他們自認的快事，那種「自得」的神情，到日後我也以同樣的食品獨自享用時，在飲酒與否之間，便深悉是有著巨大差別了。蓋酒乃是調情之物，微量用之，助你情適心敞，食慾昂增，這對於飲食之為人生大快大樂之事，必有正面積極作用。

我讀過一篇英文寫作的文章，稱說一個已婚之婦，不必憂心另一半別有新歡。只要自己的烹調技術過人，必然可以御夫於廚房之中。此言甚是。中國人所說的「賢妻」，我認為以現代觀點來解釋，「烹調手藝」大約已經占了一半的比重。一個白日工作了整整八個小時，快步歸家的男士，雖說並不惦念著山珍海味的晚餐，但也絕對不會期待什麼罐頭湯及烤箱中的冷凍食品的。所謂「女強人」，我以為關乎飲食之道，必然要「強」才是。飲食的香氣與欣樂，對於有夫之婦來說，就像握在手中的線索，綁牢了在天空自由翱翔的風箏一樣。

吃的重要，已見上述。但是，飲食終究不能日日餐餐在外解決。在家吃，便離不開廚房了。於是，廚房的格局、氣氛，便直截予人影響了。烹調是藝術，而吃乃是樂事，於是，這共人一生的廚房，就太重要了。

此文是「我的廚房主義」，用了「主義」一詞，並非提倡什麼學說，而是簡要指出廚房的重要。中國人家居，廚房的占地與比重，遠不及客廳臥室之大，如果與西式房屋相較，是遠遜的。我的廚房主義約得六字，即是：敞亮、清潔、舒適(cozy)。

有的國人家庭，廚房偏處一隅，且簡陋昏暗雜亂，令人有窒息之感。在這樣的廚房中，我肯定烹調不出什麼令人齒頰生香的佳餚的。黑暗與雜亂，任何其一已令人不爽，何況二者兼具。主婦身在一敞亮的廚房中，心境必然為之開朗，其動作也必然因此得宜，可以充分顯現想像力，並且得到心、眼雙方的滿足感。於是乎，肯定不會把糖當成鹽置放鍋中了。

清潔是第二要件。我們常說房舍小而陋並不寒賤，只要乾乾淨淨、清清潔潔，先天不足便已經減了一半。日本人就是這方面的高手。傳統的日本房舍，簡單而矮小，但日本婦人清理得幾乎一塵不染，令人心中暢好。尤其是廚房。廚房的整潔敞亮是絕對必要的。廚房裡絕對不可出現無關的東西，因為不是貯藏室，也非小賣店。廚房是製理一日三餐(甚或就在房中進食)的地方，它的氣氛與「食」是攸關的。朋友來舍下，看了廚房的整潔規劃一如醫院大夫的診室，都說：「連油鹽醬醋瓶瓶罐罐都井然有序，檯面清潔溜溜，讓人胃口大開，要多吃一碗。」當然這難免溢美，但妻與我聽了心中暗自歡喜。尤其是妻，因為這是她的操演之地，總司令要是心中痛快，士氣必然大增，全軍也自用命，奮勇殺敵了。

《人間福報》，2002.8.1

雙手萬能

「雙手萬能」，是中國人稱說人之所以為萬物之靈的一種極崇高的讚美。手，似乎是只有人類才具有的器官，其他動物，都不具有這因進化而成的「手」。猿猴最具與人類同之處，牠們的手也較諸其他四肢動物為靈巧。但，總地來說，猿猴仍仰靠其前肢——手來行走攀岩，不似人之以手作出生活上的許多細緻技巧，結果成為發明之動力。「開天闢地」，這都只有人類才能做到。

所以，手，這是上天賜與人類獨有的達成完美的思福體肢。「萬能」，就是說只有「手」才能做出的一切動作，只有人類才能憑其創造一切的可能。手，這是人類多麼自豪的標誌！這是人類多麼幸運而擁有的器官！

科學文明日進，似乎「手」的原有功能越漸喪失了。猶憶我在兒時之種種器皿及玩具，諸如剪子、竹子筆筒、板凳、風箏、水槍、毽子、彈弓、萬花筒……都是自己動手製做。抗戰時期的小孩，個個都是雙手萬能的設計師，人人都是不求人的具有獨創性的工藝家。完全不似今日的孩童，只要經濟上沒有大礙，似乎萬事萬物皆備，僅供一「玩」了。

科學文明，是心與體通力配合達成的。發明的構想靠心，而實驗結合是靠手來完成。這樣的配合原是珠聯璧合的，但是，也許就因為人類的雙手真的是太過於無所不能了，如果不僅用於創造發明，而牽涉到其他生活層面，尚且一再強調手的功能，那也就是人類社會生活的大難了。比方說，作奸犯科，絕對是仰賴手的萬能而使然的。金錢財富逐漸演進成為物質生活的標示，於是人類就利用雙手來巧取豪奪，危害社會。即使雙手不用於如此這般的方面，讓我們的生存空間充滿了詭詐不安與危險，就在我們共同生活的環境中，「手」也用作任意擾亂良好氣氛的利器。譬如說，以手惡向指斥，甚至加以揮動，抱拳掣肘，怒向對方，「手」的原有的美好形象毀於一旦，人類傲有的手卻成為「禍手」了。

其實，歸根結柢，這似乎都是因為我們誤認了「雙手萬能」的本義。要發揮雙手萬能的作用，首要的條件乃是在一個安和樂利的大環境中共榮共生才行。要臻於這樣的目標，我們就應該知道「手」的動作的最簡易而為的一點，那就是把我們的雙手結合起來，作為一切考慮任何的動作的基點，先從自身做起，以虔敬感之心發願，達成在啟動大力的初始得到和平的安逸。說穿了，這是非常自然而易為的事，這就是佛家所謂「合掌」（或「合十」）的說法。所謂合十，乃佛家敬禮之一，兩掌相合表示心的專一。《觀音經義疏》云：「合掌者，此方以拱手為恭，外國以合掌為敬。」所謂「十」，佛家以此表示圓滿無盡之意。佛家有「十力」一說。有「如來十力」及「菩薩十力」。如來十種智力為：一，知是處非處智力；二，知三世業報智力；三，知諸禪解脫三昧智力；四，知諸根勝劣智力；五，知種種解智力（解者，謂眾生之知解）；六，知種種界智力（界者，謂眾生之境界）；七，知一切所至道智力（謂知一切修行所至之地位）；八，知天演無礙智力；九，知宿命無滯之智力；十，知永斷習氣智力。以上十力見《智度論》。《智度論》中又有「菩薩十力」：一，發一切智心堅固力；二，不捨眾生大慈力；三，具足大悲力；四，信一切佛法精進力；五，思行禪定力；六，除二邊智慧力；七，成就眾生力；八，觀法實相力；九，入三解脫門力；十，無礙智力。

姑不論對佛法修行之度，常人只要每日虔心合十，心靜靈空，慈悲之心必然出之。

有了如此「度人」之心，則祥和平安怡樂隨之而生。人人如此，時時如此，於己於外，都清明昭然。這樣的安和環境，合十得之，何其易為！於是，在安和的生活環境中，即使不信佛，也會同樣得到佛的寵惠顧愛的。

雙手萬能，我認為是立於此基點上而然的。

《人間福報》，2002.10.2

永遠的公主

臺北世新大學教授廖玉蕙女士送給我一本她的新著散文集《五十歲的公主》。我非常欣賞這書名。年過半百仍有要當公主的俏媚想法，就是一種自然而然的生命輪迴的美好的敷印意識，這也就是不老的長生。當然，世間萬物，自入世之「有」，便已然步上了死亡之終途。這是一種極其自然的現象，因之，我們便不必驚懼徬徨。只要是精神的揚繼感長存，死亡便不再是可懼可嘆可憫。

像廖教授的感覺——她說：「五十歲的公主已胸無大志，只偷偷祈求一點點的榮華，一些些的富貴，少少的美貌，和一位跑不掉的丈夫。」這真是一個「無寵不驚」的浪漫敦厚溫婉的表達。何以無寵不驚？那也就是她認知了自己這個「個體」在宇宙中存在時的身份，不奢求，不貪婪，不自棄，把握住一些應有的認識和所得，平平安安坦坦蕩蕩的生活。這樣，也就不違背自然的法則，在一個闊大寬闊的世界中，平順愉快的將生命延續下去了。

其實，這也即是在宇宙中的萬事萬物，特別是在這世界上的人類所最應具有的心態。勿爭，勿貪，勿奪，勿私，勿棄，大家都本著應有的良知共存，則和平逸樂焉能得不到！這也就是「知天命」的本義了。天命是讓一個單獨的生命能夠和其他萬萬千千生命和平共存，互不侵犯，互不排斥。所以，「知天命」是一種大智慧，必然因具有這樣的智慧而方可讓我們的生存空間祥和暢適。

廖女士書中的第一輯就開宗明義的道出「尋求花樣年華」。其實，我們每一個人都生而具有花樣的年華，而只是我們不幸沒有正視掌握好，虛度過去了。之所以如此，才要去尋求。如果不「失」，何以要「求」？所謂「花樣年華」，意即健健康康，富富足足，快快樂樂的生活。只要不生病，誰都有著天賜的花樣年華的。不必去和別人比，不必去爭，去奪，去取，一切自自然然，在自自然然的生命過程中必然可以享有這樣的年華。一棵花，從生至萎，這花並不經營什麼，也不競爭什麼，開在高山，開在野谷，開在溪邊，開在日下，開在青草地，開在沙漠……，不管在哪兒，花就是花，都是美麗的。玫瑰絕未對其他花色逞示自己的冶香濃豔，蒲公英也從未向菊花赧顏，它們都因此得到了

「花樣年華」的真義。

尋求花樣的年華，當然總比失而不察，而不去追尋的好。這也就是我們常說的「補過」的意識。一切歸於自然，便是「和」。和是智慧的光，在智慧的光的照引下，我們一定可以尋到業已失去的或未察的生命中的美好時光。要是我們都尋求到了，這世界便是十分祥和舒裕的。試想，要是每個人都是公主，這世界會多麼美好！

《人間福報》，2002.11.9

仰望星雲

最近收到臺北《人間福報・覺世副刊》主編滿濟法師的新著散文集《穿梭時空與大師交會》，十分高興。我不深入佛法，但自文學的角度看這本書，依照一向的閱讀習慣，我把重點放在「文字」與「內容」兩方面，都感覺此書清新爽怡，給我沐浴之後通體暢朗溫馨的舒好。星雲大師在此書序文中說：「文字典雅成熟，一般想親近聖賢的人，看了本書可淨化善美與願心，我們可以感受她懇切的信仰。」又說：「用文學的感性表達佛法的理性」，我都非常同意。

我已經說過，自己不是佛法中人，但我們以文學的感性來接近此書，則有意想不到的快意。其實，一般人如果能似我這般，用文學的感性漂淨感覺，達到深層的涓滴穫收，這實在應該說是一種福份。在日常生活中，那怕是為時甚暫的片刻，如果你能淨心在夜闌人靜時仰望星雲，你就會有看讀本書後的充實盈溢滿足。為什麼？也許你會問我為何不在朗朗晴空中對日仰視，在陽光普灑下心空通靈，而一定要在夜色如水的時分去仰望星星、浮雲與月亮？那就讓我告訴你：朗朗晝日，是萬物蠢動最亂雜的階段，陽光照射之下，無所遁形。好的、壞的、美的、醜的，都在我們眼下浮動擺舞。而太陽的強光也的確太過猛勇了，你無法對它久久凝視，它也不容你那樣凝視。太陽是陽，陽勝一切，所有在「陽」的照看之下的萬物，都沒有比太陽更陽的。相對的，萬物皆陰，我們只能吸收陽光之「陽」，而萬物體中的陰便隱匿下去了。太陽的熱度及力量，固然是萬物生存所不可或缺，但過強的光與亮太懾人，太刺激，也太敏感了。好的、美的，在陽光的照引下，相得益彰，甚或更好更美；但是，壞的、醜的，在普陽之下，便失掉了改善的契機，因為無處可遁其形跡。我想，最主要的，是在太陽底下的世界太過於喧囂熱鬧了，膨脹的勁勢使人靜不下來，也蒸曬得昏昏迷迷，暈眩中喪失了自制自勵的能力。

然則，在夜間仰望星月就不一樣了。星與月皆在黑暗中顯得格外媚秀，格外皎潔，格外亮麗，格外可親。中國的詩詞中詠月的篇章何其多，就拿蘇東坡的詞來說，其〈水調歌頭〉一闋，先生把酒望月問天，只有在大靜中他才能放懷忘我，忽生「我欲乘風歸去」之想，又「惟恐瓊樓玉宇，高處不勝寒。起舞弄清影，何似在人間」，乃有感慨無限。

這樣的感念都是在如水月華，萬籟寂寂的黑暗中悟生的。「人有悲歡離合，月有陰晴圓缺，此事古難全」，蘇軾的感慨也惟獨那般時分才充分盈胸填臆，不似在白晝間陽光下，俗世俗務的羈牽，那樣的感慨早就逐波為營生而消退了。夜的靜好，月明如鏡，給予了蘇先生柔情婉思，令他想要乘風歸去。所有的世上凡人，一旦頓生「我欲乘風歸去」之念，那也就是突破了感生的業障，這也即是佛家所說的「看破紅塵」。所以，其實佛心原本潛存在我們心中，只要有靜悟的環境，佛心乃如撥雲見月，給我們帶來意想不到的清盈舒好。而再望那一顆顆閃動的星星，你也必然只有在夜涼如水的暗中方可窺見。星星代表智慧，我們也只有在夜闌人靜時，智慧方生。智慧是什麼？「放」，僅得一字。有了這樣的動念，你便輕鬆自在了，而不自苦了。

所以，似不必每人都皈依佛法，只要在靜夜仰望星月，接受星星的指引及月華的洗滌，我們的心便濾淨如秋水，不沾塵埃。於是心安，心安而意正，意正而滿心，那我們的生活就會充實有光有亮，而經營生活也就愜心了。

《人間福報》，2002.11.18

真朋友

我的一位大學老朋友，是學化學工程的，來美後攻讀了博士學位，高職高薪，如今即將退休。在未退之前，忽生「野趣」，偕老妻四處賞鳥為樂。佛羅里達、紐約、新澤西、亞里松挪、墨西哥……馬不停蹄，彷彿有初為祖父母抱著孫輩的喜悅。我尚未有孫輩，故箇中福喜快感並無切身經驗，但可以想像。

我自幼小至青少時期，多居鄉野。對於野趣，自自然然習染了特別的情感。抗戰期間，更學了插秧種菜灌溉等等農事。而對於野物，諸如捕魚、抓蛇、獵獸……也都有某種程度的技能。這種幼少時的生活經驗，對於我自己的此後人生，起了一種難以言說的影響。譬如說，青天白雲，風雨霜露，山野溪流……自然界的現象面貌，把我洗淨。我雖未習佛出家，但總有以自然為依歸的趣向。說穿了，這也就是在城市中生活成長的人少有的一種「自然情感」。我認為，「自然情感」是最真最純最善最美的一種情感，凡接觸自然久之，便會自然地被純化；純化之後的心，特別清澈，當用心之時，就特別著力。宋朝大詞人辛稼軒就說：「一松一竹真朋友，山鳥山花好弟兄」。樹石花草，真的較諸凡人太易相知相處了，你不必去揣摹牠們，你也不必疑慮牠們，更不必去侵略牠們；而牠們永遠永遠都伴隨你，在你四周，當你快樂、氣餒、痛苦、昂暢……時，四季不同，都給你意想不到的欣快支持同情。

辛稼軒把一松一竹、山鳥山花引為兄弟朋友，不但是兄弟朋友，而係真的朋友，這就是一種高超的愛。而宗教之大愛，正是這種高超的愛的澤明新象。所以，我認為，信仰宗教與否，不必過於躑躅，最要緊的是要有一顆明辨善知的心。與自然交結，你一定能夠讓心靈純化潔滌，你的大愛便也自自然然涓涓湧出。

自然，就是你的真朋友。

朋友益善不宜多，正是。有人以「在家靠父母，出外靠朋友」自喜自居。但所謂的「朋友」，可能三教九流，形形色色，未免過雜。如果用「心」仔細篩選，餘下的真朋友恐怕不多了。真朋友可能並不是日夜晨昏包在你四圍的人，也許一生之中都很不易出現一次。但是，只要你需要時，真朋友都會不吝現形現身。他們犀利的眼光，撼人的誠熱力，透心的語言，如清風明月，春雨秋霜，如晴霽日出，萬物甦發。朋友，你有一位這樣的朋友，勝過了成千的酒肉之交了。

《人間福報》，2003.2.26

如數家珍

對於俗言諺語，我們慣有的態度與接納方式，大抵不外如此：認係陳言濫調，了無新義；或認其故作姿態，自以為是。於是，在理念上，我們彷彿穿著了避彈衣，對俗言諺語採防趨躲，並不注意。

記得幼少時，作文一課，比方說，老師以「畢業感言」為題，要學生寫作。大家彼此觀望，抓耳撓腮，不悉如何著墨下筆。於是爭先翻閱「俗語大全」一類書籍，把「光陰似箭，日月如梭」抄寫下來，絕不另思佳句，交卷了事。好的老師常會將「光陰似箭，日月如梭」這等學生們咸認的佳句用硃筆塗掉，眉批或在文後題示說：「下次作文請用自己思索文字書寫。」我自己長大後習文寫作，得這樣的「恩師」教誨，感激不盡。我常想，所謂俗言諺語，都是前人有心人經驗之談，像「光陰似箭，日月如梭」或「光陰如白駒過隙」等，開始創用之人如此這般，可能我們會覺得很美，但若長此爭相傳用，了無新義，就不足取了。所謂「文風」不一，正是要說作者有「自己的語言」。張三李四，各不盡同，方始予人感覺一新。這就好像賣食之家，各有手傳專長，同一碗「牛肉麵」，可以製作出不同口味一樣。模特兒穿著時裝展示亮相，各有風韻，都是好例子。否則，大家都穿著同一色調及剪裁款式，那不就跟穿著制服一般了麼？

現在回到俗言諺語。有的俗言諺語，其所言說實與生活態度、為人品操、處世行為、修身養性……等有關，我認為就不應視與「光陰似箭，日月如梭」一樣了。舉例以明之，我們常說，「如數家珍」，這樣一句四字俗言成語，它所表述的實義，當係表達一種清明有序的態度，而純係依據個人日常習慣的方式。對於「家藏」，大家不同。姑不論何物，其特殊意義並不以該物之質或量為取決。我們說「敝帚自珍」，正是如此。再比方說，「因小失大」這句俗語，它有一定的理說，不容你不愛、不喜，因為這四個字表示的是人的生活態度，你認係細事一樁，不予特別注意，結果鑄成大錯。一個人每天飲酒半瓶或整瓶，長久之後，酒精中毒，便釀成大禍了。又一個人喜歡佔人小便宜，結果變成順手牽羊，偷竊成癮。

在此處說「如數家珍」，是要強調世間某些物什，只要是自己喜好或覺得有某種特定意義的，都加以珍視保藏。這樣的生活態度，絕對不會對他人構成妨害或騷擾。拿「物」來說，你如果總是存有一份「視如己出」的看法，便會珍視愛護了。「珍」者，當動詞用，就是「寶貴之」的意思。當作名詞，便是「實惠」之意。食之美者曰「珍饈」，依個人意志，不必參翅美食才能算得上「珍饈」，青菜豆腐也可以是一個人的珍饈。對出家人來說，正是如此。「須知盤中餐，粒粒皆辛苦」，這是一種知足常樂，不奢侈浪費，體恤艱辛的理念。一個人如果能在這方面多體會多注意，一定會養成好的品操來。

「珍珠」，是我們大家都知道的中外古今都稱讚的精貴飾物。何以如此？就因為它圓潤光澤，晶瑩誘人。我們說某人的歌喉為「珠喉」，言其發音唱歌其聲圓囀如珠也。所以，凡是晶瑩潤澤圓融的東西，我們都珍愛喜歡。這是人性，便是此理。露珠、水珠、淚珠、眼珠、葡萄、豌豆粒、玉米……這些東西，都是我們生活中常見多有不鮮的，我們對這些東西都心存特殊偏愛，正說明了一點，就是這般東西我們都以「如數家珍」一般列數不盡，也不以為忤的。我們都把它們視若珍珠一樣。

「如數家珍」，你若果把它擴而大之，把生活規劃美好，就似珍珠一般珍之惜之，則人生際遇，數十寒暑，姑無論你信仰宗教與否，必能「惜福」以對，那麼，你的人生自是光燦愜適自由暢好的了。

《人間福報》，2003.4.26

舊情

舊情

老友許以祺兄自北京寄來他自編的「休閒筆記」(Leisure Notebook) 系列《舊居》、《舊情》及《舊趣》三冊。翻閱之後，頗有感想（每冊均有專人插圖）。

以祺在其第一冊《舊居》的「緣起」中這樣寫：「認得張士增時他在鑽研史前陶藝的圖案，把它用進抽象的中國畫裡，頗能反映出中國畫純粹的一面。後來發現他對江南風景很感興趣，並做了介於抽象、具象、超現實之間的綜合嘗試，更把油畫在技法及色彩上的沉重感介引到硬體的房屋上去；而把屬於軟體的花草、樹木、及溪水處理得輕盈流暢……今年初，我看到了張先生的一批新作，其中他的〈舊居〉系列很使我另眼相看。他把版畫與油畫的趣味溶進中國畫裡，再加上他獨特的建築構圖以及借用書法特色的恢閎與簡練，產生了一種新趣味。」（按，張士增現為中國中畫研究院研究員，國家一級畫家）我現在無法把張氏的畫作陳展出來供大家欣賞，但以祺對張氏作品的描寫，我基本上全然同意，是非常新穎動人的新舊交融，中外渾成的畫作。尤其是用於建築上的濃墨書法線條表現，十分淋漓有力而富創作生命，令人激賞。

其實，我們稱說「推陳出新」，並非說「舊」的一無是處。否則，「舊」早遭揚棄一盡了。這個四字成語妙就妙在用了「推」與「出」兩個動詞，它們都意味著從「舊」的原基上出發的清義。這就好似由白到黑，必然經過「灰」的階段一樣。可惜，過於激進的人，總是期盼一蹴而幾，他們完全不耐「舊」的盤蓋。其實舊不是盤蓋，它實是「新」的營養。營養是越豐盛越好，那我們為什麼要把屬於營養的東西拋棄呢？而不懂得珍視呢？「新」當然好，否則沒有進步；但「舊」能給予我們以啟示，我們就該欣然納接。「推陳出新」方始「溫柔敦厚」而無「突兀」之感。

就拿衣、食、住、行的「衣」來說，新款花式很多都是根據「舊」有出新的。不是麼？尤其是在「美」的概念中，實則沒有絕對的新與舊。二者牽渾互惠很難驟然分開。美的義涵深遠不可測。七尺八肥的褲頭，跟我幼少時的肥腰粗腿的棉褲一樣，贅累寬煩，頗令人不耐。可是，今天少年們那種腰身、褲襠、褲筒都鬆弛的褲子是最時髦當今的了。

所謂「舊情」，好則好在那一「情」字。情是蘊藉靈美的。在美的世界裡，無需有不必要的設限及區分，還它最原本的感覺最好。似此，我們對「情」的感受便受惠無窮了。五四時代的藍布大褂，西裝褲，再足登黑色尖頭皮鞋的打扮，到了進入二十一世紀的今天看了仍覺得夠味，那藍布大褂不是五四時期的「舊」麼？在今天，當然更舊了。但是，五四時代知識青年的衣著，中西新舊搭配正代表「新」義。

中國的傳統舊曆年我們仍然慶祝的。但是，過年的心情與儀行習俗，已經多少與以往有異了。為什麼舊年不廢，尚且常新？就因為我們的「情」未減。舊情就似飲下一口佳釀一樣，芳甘爽愜的感受慢慢由食道下傳內腑，繼而擴散全身，令神經有滌暢的舒感。真好。

當年在臺灣，有一首非常盛行富代表性的臺語歌曲，叫做「舊情綿綿」，不管由誰唱，都好聽。「綿綿」一語，即謂繼續不斷，那柔和之感必然有之。如果我們僅在張「新」，而忽略了出新的「舊」，那是文化的斷層，因為「情」斷了。

美國《星島日報》，2002.4.13

舊情（之二）聲聲去遠

年過六十以後，在許多方面呈現出老的象徵。聽力衰退便是其一。初時不覺，在看電視時總把音量放提到自己稱心足意的程度，卻屢屢遭到妻自廚房走來的封殺。我說「封殺」，實則是她把音量擰調小，小到我彷彿只聽聞到微孱的低泣聲或蚊語，而她則稱說「這已經夠擾人的了」。「擾人」一語，我向素不喜。事無巨細，無論如何惹人清白便不好。聲音乃是積極擾人者之一。

從前在臺灣，大城巷弄排連，入夜後嬰兒的啼喚聲，往往自間壁或對門戶家遞來。除此之外，尚有麻雀戰的洗牌聲，夾雜了勝利者的高亢歡暢笑語，如雷貫耳。有時你人已臥床，雖未讀書，文思也並未泉湧，或許正在思忖著近期方看過的某電影情節吧，也可能正輾轉遙想著情人音容。就當此際，忽有野貓在屋脊叫春呼號蹦跳，便將你的情緒攪亂了。翌日一覺醒起，窗帘還未拉開，隔壁緊鄰有人在陽臺上漱口，水聲在喉頭滾動咯咯，然後吐灑地上，再配以咳痰清喉的忠誠板點，會令你尚未全甦的神經為之一振。如果這時你又聽見仿傚歌王卡羅素的失敗亢聲，也許連整日工作的心懷都盪散了。

上面所說的當年臺灣都會惡聲，如今尚存否不得而知。但中國的城鎮社會久已存有的若干活動現象，似乎都與聲相關，當時也許認為是「文化恥辱」（因為在知識上受到西方先進國家社會人際標準尺度的影響）的，如今在天涯靜處有時思之，卻覺得又是一番情懷，頗讓人思念了。比方說，叫賣的聲音，常是令人心神恍惚的。在臺灣，當年漢子夏日背著木箱販賣冰棍（「呷冰」）的聲音，當傳到耳際時，會令你頓生涼爽親切之感。呷冰自然不似今天冰淇淋的濃香可口，硬硬瘦小的圓冰柱，安臥在鐵管筒中，上面用粗布或毛巾覆蓋著避免陽光和毒熱的空氣。當小販將呷冰自筒管中抽出遞到買者手中，清清澀澀的，底部或許透露出幾粒紅豆的媚佻來，而當你把一根呷冰送入口中時，那種快意便一下子自喉部下竄到心田去了。如果是冬天，雖不太寒冷，夜深時分，無論你在屋內經營著什麼，幾聲賣「燒肉粽」的呼喚，和著風雨叩窗，於是你急急下樓奔出戶外。當熱熱的肉粽在你手指間滴水泛香時，倘使不注意留神，欣快和茫然會使你踏空樓梯的級層，滾跌地上。

我當年在臺灣，還聽到過退伍的軍夫騎單車叫賣「饅頭」的喚聲。那時家住臺中縣霧峰鄉吉峰村，山東老鄉濃咯又有點沙啞遲暮的叫賣聲，自田徑上隨著碧油的秧苗擺飄到山腳下屋前耳畔，忽然覺到一枚枚的硬麵饅頭竟像是從大海那邊順風飄灑過來似的。要是饅頭就似雪花則真好，我又可以興致高張地堆起雪人來。雪人揮舉著手臂，向海的那邊頻頻揮搖，於是乎我也不再感受腹飢了。

叫賣聲其實是附帶著十足的人氣的。人氣乃是人與人之間一種可供呼吸感受的情感傳達罷。當年在南京讀中學，冬天的夜晚全被凜冽北風和大雪封罩了。那時屋內沒有煤氣或電用暖氣，炭火盆早已被母親在入夜九時左右便用炭灰封了火。她仍坐在燈下縫補，但我與兄弟們已在硬冷的棉被下睡去。記憶中，絕難想到什麼在臺灣冬夜聽聞到的叫賣聲。可是，開春以後，在巷子裡就有彈棉絮店家傳送過來的彈弦聲，砰砰撲撲，先把冬去春來的快意敷散。緊接著，在煦煦春陽的暖意中，就可以聽見「賣梳頭油——淋刨花——」沿街販賣叫喚。那時一般仕女梳頭洗髮，沒有現時的洗髮精，她們就用香木刨花淋泡在水油中的水油浸抹在木梳上梳頭。婦女們慣常四、五一群圍坐在院落水井旁彼此梳粧，也有黃花大姑娘為中年婦女梳洗的，那樣的馨好人氣在喧喧笑語中擴散。春陽下，最後被叫賣梳頭油的喚聲帶到市中去了。

時代更進，民生日富以後，吃館子已經談數不上有何異人之處了。但我想來，此生第一次坐在飯館中，有侍者倒茶水上飯菜的服務享受（幼少時在家，這都是自己的工作。更早些時，都數母親的「份內事」），是民國三十七年共軍逼近江南的愁悸時候。那時物價波動人心惶惶猶似長江滾浪。父親任職在南京的「國立北平故宮博物院南京分院」，家住城西朝天宮側的冶山旁。我總愛在薄暮時分帶了口琴，爬上冶山獨坐衰草中看落日沉江，聽市聲摧心盪臆。也就在那年年底，父親接獲政府訓令將博物院中文物精品分批包裝登船艦運往臺灣。他的上司徐森玉先生由滬至京洽辦文物轉運事宜，邀約我們莊氏一家在建鄴路上的「金玉興」吃飯餞行。吃些什麼，除了著名的南京板鴨外已一無記憶了，烙印在腦際的也就是騷亂以外的平生第一次吃館子的強烈印象吧。

「吃館子」既非市井大眾一般人興之所之的事，而我卻又的確能夠滿足之的時候已是抵臺以後的事。初時住在臺中的歲時，因為屬於「克難」時期，軍公教人員都仰賴政府補給；又因客居他鄉，一切從簡，便也沒有吃館子的可能與嚮往。當年從臺中縣霧峰鄉乘坐台糖公司的小火車赴臺中市上學，從車站沿中正路一直步行到篤行路我的母校省立臺中二中，沿途有最令我佇足羨望的兩處，第一是在路右側臺中電影院門前矗立的好大彩繪電影廣告，第二便是路左側離臺中電影院相去不遠的「沁園春」飯店。該店是以浙菜著稱。每日走過，我都有何日一試的「大丈夫」心懷。可是這樣的書生襟抱，卻延拖到我數年後上了大學後才紓解。

真正有興高采烈的吃館子經驗，還是在我大學階段才有的。那時（民國四十年度早期）臺大校門口對街有一家賣油餅牛肉湯的飯店。我們學生每月去該店中吃夜宵一兩次，鬆鬆厚厚香香的芝麻油餅，配上一碗濃腴爽口的熱牛肉（真黃牛肉）湯，把抗戰厄難的生活苦憶全消化了。有的食客夜至該店點叫一碗「陽春麵」，堂倌的加一度高亢嗓音在小館內四處亂撞飛繞。那樣的叫賣聲不但令你神爽，十足的人氣讓你的消化系統也運作得出奇良好。當年臺大傅園旁沿羅斯福路口的一排違章建築中的大華豆漿店，其掛爐燒餅的是香酥可口，環境的衛生與食具的差陋殘敗不談，窮學生能在週末的早上坐在小店內搖擺出聲的板凳上享用燒餅油條的快意，到現在都令我永懷難忘。有食客要求在熱豆漿中加上一個雞蛋時，店員的一聲「加蛋」，頓使旁座的人側目相視。這就跟前面所述堂倌高叫「陽春麵」一樣，「榮」與「辱」立時顯現了。

當年自臺大校門口沿羅斯福路往市區行至同安街口路右側有一家名曰「壽而康」的四川小飯店，其回鍋肉及豆瓣魚、宮保雞丁三味是我此生吃過的川菜中數一數二的。那時同學中有李敖，彥增，英善，新漢與我經常一夥步行前去「打牙祭」。除了菜香之外，我最喜聽聞的是那堂倌以四川口音呼叫食客所點菜名的喚聲。那種親切溫暖的人氣，使我產生極高的文化優越感來。飲食文化，對我來說，「意」是很大的比重，有意始有情。「幾人相憶在江樓」，舉酒快飲，任情喧嘩之趣，不是抱著酒瓶獨飲或雖與良友聚飲但無聲息可得。飲食就是稱心快意的事，中國人似乎很懂得箇中意味，飲酒時痛飲划拳呼叫忘情的表現，既率真又氣盛。

所以，尤其在飯館內，這樣的聚散歡心，就讓它去吧。我們現在總是以西土文化標準裁奪一切，即以此來說，未必是好。我在國外，去市場或飯店，總覺得過於安靜，無聲得可怕，太欠缺人氣了。有人不但在公眾前不敢也不便隨意打嗝高聲喧嘩，即便在家也做出舉止如文化人狀，閉嘴，慢飲，於進食之時誓不出聲，我都覺得稍嫌「公私不分」了一點。其實，在家吃麵，不抽吸吞啖，那似乎不是「吃麵」，而係表演口技。喝湯出聲，打嗝亦然，在家偶一為之，有何不可。滿足與激賞都表示了，有何不好？「家和萬事興」，也許正是這樣的人氣使然的。我想。

美國《星島日報》，2002.4.20

《中國時報》，2002.9.12

舊情（之三）情斷

近日讀英文報，見有中年婦女親手殺死四個兒女的慘事。報紙上刊出了被害的兄弟姐妹四人笑靨迎人充滿憧憬人生的臉龐，我的第一個直覺反應是：「怎麼了？是吃錯了什麼藥？」

社會越進步，生活益繁，一個正常人所受到的精神壓力，愈多愈重。像這樣慘絕人寰的悲劇，雖不說是日日都有，但似乎是我早年貧瘠單純也稍落後的社會中鮮之又鮮的。現時的社會上，時有令人冀想不及的情事發生，會使你錯愕良久又不能不接受事實，真是情何以堪。前不久，我讀中文報紙，尚見到兒子弒親的慘劇。肇因無非兒子禁不起物質生活的誘惑，貪婪追求，受到親人的指責，於是殺機頓生。

我常覺得，現代人似乎很難欣賞並擁有「單純」的生活了，大家都競著把生活搞得多彩多姿，到了眼花繚亂的地步。「單純」被目為「沒出息」，受到了譏斥。「簞食瓢飲」的形象，似乎並不表示其人其志的高遠，而係表示因遭社會擊敗不得已的自解而不為人所推崇愛戴了。我也常覺得，現代人對「情」的淡薄之造成，乃是生活形式的變改使然。而此種變改乃基於人之所以為「動物」的此一基礎，因知識的躍進而漸然脫離了「動物」的本體，越走越遠了。比方說，哺乳動物之繁衍後代，絕對以「哺乳」為天職。所謂哺乳，乃是母性動物以身乳哺育其所生。我每在電視畫面上見到哺乳動物母親倒臥地上，或站立地面巋然不動哺育其幼，並不時關愛吐舌舐舔的鏡頭，那種自然界原有的溫馨美好，已經在現代人的母與嬰之間漸然（甚至已然）消失了。現代人以母親哺乳為「不雅」，覺得有失人在公社會中的尊嚴，「不便」尚係次要稱說，而經醫界藉用科學方法斷乳而以牛乳代之。早些時候，婦人分娩後尚有醫師詢問是否由母親對嬰兒餵奶一說，現時則醫方及產婦似心有靈犀，不必申說與詢問，咸認此乃「必然」法則，而無須分說。

在我的童稚時，母親對其幼嬰解衣餵奶的情形是極為普遍的。不但一般市井婦人如此，即使知識階層婦女亦如此。婦女絕不感覺這袒胸哺乳之舉是「有失體面」。中國人一直稱說的「肌膚親情」，我相當認定這是動物天性，而尤以人為最盛。何以這樣？正因為人乃萬物之靈，是最善表情的動物了。哺乳便是人之初肌膚親情的初始表現。可惜，社會日進科學日新的結果，此種自然而然的肌膚親情所代表的人際關係，已經遭到斲喪離析了，非常不幸地為「人類」自己扼殺了。根據科學，認為母乳乃是上天專為初生嬰兒所設之特有食物，不但含有豐富的在嬰兒成長中所需的各式營養成分，也適合幼嬰消化吸收以增對於疾病的抗抵力。且在哺乳的過程中，透過肌膚的親密接觸，無疑地大大增進了親子之間的情感。我們常在電影中看到中國古代的帝王，於登基親政之後，對其「奶娘」之護撫尊敬，有時較之對「母后」尚要情深恩重，即是此理。

「弒」，這個中國重視人倫道德的文化才有的獨特的字，在西方語文中是不存在的。所謂「弒」，是下殺上的特別用字。如果不是情斷，則親子（女）謀殺父母的大逆是不會發生的。再拿哺乳為例，乳房的動物官能，原是盛乳而供哺育之用的，而現代婦女重視「隆胸」、「健乳」，並非為了嘉惠幼嬰，而係突出彰顯女性的特有體型以達傲人誘人之目的。乳之為物，早已不是蓄情之源，而竟變成逞性之器了。

非但哺乳一事已今古大異，還有在幼嬰發育成長過程中「襁褓」揹負的親情表現，也已經看不到了。這種母子之間貼身貼心的自然正常表現，都在社會轉型的新文化風吹拂之下，逐漸消失一盡了。「襁褓」這樣的東西，難免不會成為博物館中特展的品物。在現代人的現時生活中，幼嬰自初生即不與父母同床（甚至同房）了。嬰兒被放置在幼嬰床中，說是怕遭父母同床擠壓而傷害其生命，甚或逞言要養成幼嬰的獨立自主性。如果將嬰兒置諸另室，在我看來，何異「放逐」？

親情之遭受漠視，甚至摧殘，使我每念於當年單純稍嫌貧困的社會中生活之所見，覺得親情之疏離，實在令人茫然。在我幼時，嬰兒自斷奶後成長期中，開始食用「固體」食物時，每見母親將飯食親自細細咀嚼之後，似大鳥餵食小鳥一般，將口中之食吐哺其嬰幼，那樣的肌膚飲食之切切感情，也再未見到了。為了新理念而斷送了人之初的親情，也許正因為如此，人間之情變得越來越淡薄了。

前數日讀到《台北畫刊》四一〇期中的一篇文章，提到臺北市評選出多家醫院設立「母嬰親善醫院」，目的就是「從媽媽懷孕開始強調哺餵母乳的重要，進而從產房、嬰兒室到產後病房，整體性提供哺餵母奶的協助，使嬰兒依照需要隨時獲得母乳」。這似乎是為藕斷絲連極為脆弱的親情或已斷的親情做出「續弦」的努力了。

在日新月異的現代生活中，舊情遭到拋棄或曲解太多太多，但願我們能及時捕回一些，推陳出新，使人類文化變得更其溫柔敦厚，綿綿永遠。

美國《星島日報》，2002.4.27

《聯合報》，2002.6.2

舊情（之四）藕斷絲連

人在域外，衣、食、住、行，居家外適，都不宜標榜十足的中華風。這是環境使然，不可使氣。如果你身在中土，還可以稍擺出「滿大人」姿態；但人在他鄉，雖不說要低聲下氣，然而，似乎不宜把「東風壓倒西風」大幡老是迎風高舉，甚或誓言力行。保持一定的中華風固好，應該以「中庸」(moderation)是尚，適可而止。這樣的文化舉措，我名之為「藕斷絲連」。「絲連」者，不忘源本之意顯然。

有人因身在異邦，覺得既已入籍，除了姓氏及膚色不便更易外，其他的裡裡外外，虛虛實實，都手舉快刀利刃，喀嚓一聲把「中國」關係迎刃而解。他們在家絕不說漢語，飲食必咖啡牛奶果汁牛排羅宋湯，下一代子女不是約翰瑪莉，就是亨利瓊斯，沒有中國名字。其結果，就像我的一位昔日臺灣高中同班同學，當天涯聚首之際，竟以英語向諸方校友同窗宣稱：「抱歉之至。我的中文因長年棄用，已經不知如何啟口了。」聞說仰天長歎，夫復何言。這樣的送舊迎新，太過愚蠻，元氣大傷不說，尚且遭所居國本土人士訕笑排擠，「無限江山，別時容易見時難。流水落花春去也，天上人間。」無顏見江東父老，於是也只好忍辱偷生了。

我就有過如此這般的「假洋鬼子」教育出的女兒為我的學生。她有一次與同班美國學生去舊金山遊樂，到了吃晚飯的時候，大家稱說去中國城吃中國飯。這名假洋鬼子的學生是同團中唯一有中國姓氏、黑髮黃膚，父母俱為中國人的「中國人」（別的同學以此呼之），於是大家請她介紹一家舊金山的中國飯館。「中國人」答稱她在家從不吃中餐，故對舊金山的中餐館一無所知。於是大家隨便找了一家。

到了飯菜齊備大家爭先大啖時，美國學生都不論技術生疏與否，搶著用筷子，而只有這位「中國人」使用叉子。眾人詢之，答云因從不食中餐，故不知如何使用筷子云云。一位美國學生大惑不解，皺眉說道：「你是百分之百的中國人，怎麼會不用筷子？怎麼從未吃過中國飯？」這位「中國人」急了，不愉快地說：「跟你一樣，我是百分之百的美國人。為什麼我一定要會用筷子？為什麼我非吃中國菜不可？」這趟金山華埠之旅在極不愉快的氣氛中收尾。事後，這位「中國人」學生痛定思痛，毅然去了中國，不單尋根學習說漢語及用筷子吃中國飯，而且要自己事事中國化。最後，索性移居中土，嫁給了一名中國大學生，生兒育女，甘願做一個「純種中國人」。

以上所述，事屬極端。其實，要在籍地做一名所謂的「美籍華人」，無須如此慷慨激昂，心中存有一分中國血緣的認識即足。此一「中國血緣」，就是你的標誌，喜歡也好，痛恨也罷，它附於你身，擺脫不掉。就此而言，倘若你對自家的背景一清二楚，如更能對於此中華源本有某種認識，越多越好，則大善矣。中國的「中庸」哲學的微言大義，不但知之，且能遵行，必然無往不利。

我們且以在美生活方面舉例一、二事，淺言中庸之道。

比方說，吃蛋糕。此物原非中華固有，但在美國現代社會中此物之出現率極大，幾乎各種場合都拋頭露面。純洋式蛋糕，奶油及糖分特多，而且附加之物如水果（新鮮或乾果）巧克力等，把口感提升到濃膩難吞。蛋糕至此，完全失去了「單純」之美，也失去了「本」味矣。中國哲學的「純樸」觀此時便有了用場了。自製蛋糕，純樸可人，鬆潤爽口，不死甜，不滯喉難下，這就是中庸之道了。

喝湯也是一樣，洋湯其實類似中國的羹，稠而黏，內中放料碎小雜多，此其特點。

而中國湯則以水多清勝，放料不必太過複雜，要在既鮮且清。飲用之際，喝中國湯因湯清水盛，極易出聲，這也由於呷啜發聲而增加口感味覺，不似飲用洋湯之濃膩在於咀嚼與否之間，故不覺爽口。中國餐館之「酸辣湯」最合洋人口味，端在其稠黏，且酸辣也刺激味覺，故為洋人所喜。以雞湯為例，經過微火煨燉，材料俱已溶化湯中，啜飲略有聲響，正足以說明湯之潤爽芳美。似此，中國人在籍地製湯時，切記勿將湯調製得過於濃烈稠黏。君請記之，製雞湯無人將整隻雞分切成小塊，而飲用時，一般也不啃嚼雞肉。牢記在心，中庸之道也就力行無他了。

居家佈置亦然。有人為了彰顯中華特色，在其宅院門前豎立石獅一對，讓人看了覺得突兀，不知如何是好。石獅固係中華藝術，以之昂首豎立宅院門首，要在宅院勢須敞大宏偉，且建材應以石木為之，配以庭園茂樹，方有威森穆靜之感。不是在水泥磚造的西式房子前面可以讓石獅逞威風的。還有人將家宅大門漆成大朱色以挺顯華風，也是大謬。所謂「朱門酒肉臭」，朱門指的是大宅院府第，而且門必兩扇對開，絕無單門朱色之設。總之，要想藕斷絲連，一般而言，似不必外設，還是在家宅之中稍增中國氣氛為是。即以中式書畫而言，裝掛務求得宜。有人把字幅以中堂之勢懸於正廳壁間，牆壁原係裝飾之用，其結果竟因頂天立地，令人覺得呼吸困難了。故，凡欲以中國書法懸壁者，住西式房子則以橫幅為佳，且不可太大。

以上所言，意在斟村探知，蠻勇豪風是適得其反的。那樣的中華之風，非但不能彰顯文化之長，實則正好予籍地之人留長辮鼠鬚之「福滿洲」印象，那就欲蓋彌彰了。

藕斷絲連，是要華僑人士在精神及意識上與中華文化引牽，即使要以文化現象一二為證，在隨著西土文化大進日新的行展間，務必取其藝盛義宏為上。所謂「舊情」，此之謂也。

綿綿此情，永無絕期。

美國《星島日報》，2002.5.4

躺椅

壬午開春之後，雨水充足，陽光也出奇的暖暢。某日，妻把疊放在廊簷下的幾把塑料摺椅取來擦拭曬晾，我望著它們，忽然遙想起許久未曾用過的躺椅來。去國後，四十個年頭沒有再見過，也不曾憶起過。天涯春暖，在寂靜的家宅後院竟然喚來對歲時的嗟嘆，才猛然間覺得棲遲域外真的太久太久了。

從前在臺灣，對於「華僑」這個字眼，覺得彷彿與己無關，覺得是不言而喻的「異類」。華僑都有中國百家姓中的姓氏，雖說有的華僑竟然不識一個漢字，一句漢語也吐不出口，卻也經常舉揮著中國國旗，在中國的土地上跟純中國人摻在一起。沒有料到幾十年後，自己竟也變成了當今純中國人中的「異類」了。稍慰的是，我還認識漢字，也還能說流暢的中國話。

躺椅便跟華僑一樣，這種中國人純為中國人而設計製作的工具，似乎也可以在當前的時代被視作「異類」了。我如今對於這樣的異類仍懷有所思所念的戀情，大約也與華僑揮舞著中國國旗一般的情感無異。這正是由於體內流動著民族文化熱血使然的吧。

躺椅這樣的東西，說起來可算是中國傳統文化中比較完整時期的產物。傳統文化已隨時流淌逝得愈來愈少了。姑不論是實質或抽象層的，幾經折騰、改良、汰裁，許多東西都隨風而逝，甚或面目全非了。傳統文化是什麼？大約也即是由一個民族自古早傳承下來富有特質的一種生活習式吧。拿中國社會生活來說，「士」的生活方式及精神品味，都向四圍擴散，終為各方接納，於是乎漸然孕育為一種風氣時尚，代表著這個民族文化的一部分了。我們談說「中國菜」(Chinese cuisine) 絕不以白菜豆腐為代表，而菜式是自「士」的階層流衍下來，變化無窮的。

躺椅就是這樣的一種工藝品。

在我幼時，此物僅在都會中存有，鄉野農村並不見。鄉野農村即使有，恐怕也僅見於士紳之家保甲長戶，而一般忙於春耕秋收的田農、山樵、或漁夫之家是不會有的；因為他們的生活環境不需要那樣的奢侈品，不適用。說它「不適用」，乃言其似床非床，卻又占有一定空間的特殊性。對於田農山樵及漁夫而言，真是相當不對稱的贅累。躺椅乃是休閒的工具，它是代表著舒適優裕的生活，那自然端在士大夫之家室方可顯現，也恐怕只有擁金戴玉的商賈才能享用。

此生見過及適用過的躺椅很多。如以質料言，約有木製、竹製、藤製、或木竹配以帆布製者數類。木製的最不舒爽，過硬而僵滯，也欠瀟灑。此物既為消閒所設製，那瀟灑舒適便應屬首要。木製躺椅，有的用木極是堅實名貴，但是，此物並不因此代表身價，因為根本不合要求。它不像用上好木料打造的書架几案，氣派、富貴和整雅的要點都有了。臥躺在木製的躺椅上休息或養志或讀閱書報，背脊為硬木梗刺終覺欠妥。藤製躺椅我也不甚喜。由於藤之一物介於木與竹之間，清俗兩面都搆不著，硬朗不如木，也沒有竹子的俗雅。躺在藤製躺椅上，一條條錯綜如刺如鍊的紋理也只徒然增加肉身的不爽。也許配上褥墊或毛毯一類物什會稍好，但是卻增添了不必要的庸俗。總而言之，藤製躺椅無論如何也得不到木的方直厚正和竹製的輕巧簡便樸順的佳好。竹製躺椅我最喜愛。躺在上面，不脫鞋襪也並不覺欠妥。其硬度彷彿是恰如人意，更泛浮達人的清香氣，躺下以後，榫節處略微發出吱吱唧唧的聲響，便似佳人輕喘呻語耳畔，最是銷魂蕩情。而其把手處置清茗一盞，或恬然獨享，或與人共話，都是不二的至上愜怡。至於木製或竹製躺椅配以帆布者，帆布因坐躺久了而益形下陷且熱度歷久不散，接坐者會感到極不爽悅。這就像是遭綑裹的嬰兒，於襁褓中喪失了充分的活動自由，但餘下氣苦。這種中西合璧的躺椅，其原意是改良，用意固好，不過中西合璧端需注意調和。比方說，五四前後男士穿著的藍布長衫配了足下的黑皮鞋，再加上一副文明眼鏡，難以宣說的美好便出來了。那時代的年輕女學生，陰丹士林布旗袍，配上一雙帶扣絆的黑布鞋，不施脂粉，清湯掛麵的齊耳頭髮，文明、秀朗、婉約、大方的特性全有了。可見，東西之間，搭配務求慎察精到，否則，不幸落在當中，便很難耐討好。

我最懷念的躺椅時代的生活，是在明月清風，晚霞初染時分。吃罷夜飯，靜臥庭院中的竹躺椅上，靜聽收音機裡的古典音樂，或時代小曲，讀著當天的報紙，聽聆父母及長輩們的閒談，間或享用母親備好的糕點茶水。一彎新月，漸然天上，涼如水，扇輕搖，真是美事。可是，這樣舒散的生活，似乎也只似躺椅的消失一樣，只供憶思了。

《中國時報》，2003.1.5

美國《星島日報》，2002.3.23

飄泊的歲月

民國三十八年

一月一日　陰雨寒冷。

又是一年，好快。三十八年了。

再過三十八年我就五十多歲了。哈！哈！在哪兒？

整個的環境黯淡得很。天氣寒冷，窗外風聲大作，細雨飄斜。倚窗（註：當年初抵臺灣，先投宿臺北市延平北路上的「第一飯店」。約半月後，遷楊梅鎮，暫住「通用汽車公司」的大型倉庫中）默坐，不知身在何方，也不知在想著些什麼。往事？也許罷。不堪回首話當年啊！

到鎮上的「永興飯店」吃了午飯。爸今天多點了兩個菜，表示對新年的祝賀。祝賀？逃難喲。

晚上躺臥在硬之又硬的榻榻米上，翻來覆去怎麼也睡不著。偷眼望窗外，天空黑黝黝的。北風未停。想著當年在大陸上的除夕之夜和新年，也都是在戰亂中度過的。自幼身逢亂離，連故鄉是什麼樣子也一概不知。唉！不過，當年逃難，總還沒有逃出中國，現在居然逃出了中國了。臺灣，臺灣是什麼地方呀？以前的地理課本上好像沒有見過。快要離開南京時，爸爸說「臺灣是個四季如春的地方，大米好吃」。我現在人已經在臺灣了，「大米好吃」的感覺我尚未真切地經驗到，但「四季如春」則不一定對。我們一到楊梅的這些天都是陰沉沉的，霪雨瀝瀝的。老天爺似乎與我們作對吧！我們一輩子也沒做過什麼虧心事，抗戰時不是一直在逃難嗎？怎麼現在又住在中國以外的奇怪的地方——臺灣呢？而且陰雨、孤寒。

昨天才聽一位本地人說，臺灣幾十年來就沒像現在這樣冷過，大概是政府派來的大員們及官僚大亨施弄巧妙手法吧，偷天換日，於是老天要使顏色了。

是的！很對。說這樣的話的確引起了我的共鳴。臺灣人憎惡內地人，但不是像我們這樣的內地人吧。他們憎惡的是那批大爺們，由京滬來此，於是乎臺灣人把整個由京滬來的人都恨切入骨，真是天冤啊。這些王八蛋，若是真正讓共軍來「清算」一下，也好。

夜間的風，可真的不小。窗子上釘了的油布被吹得裡出外進劈劈撲撲作響。狂吼的風就像所有逃難的人的心聲吧，使我不能入睡。正在榻榻米上硬冷地臥著，忽然油布裂了一條縫，北風就像脫了韁的野馬「颼」地一聲鑽了進來，臉上忽然一冷，像被蒙上一塊布巾一樣地滯板，風在耳旁呼！呼！馳過。

一年就這麼樣開始了，在這孤寂荒僻的小鎮上。冷風細雨中度過了一天的青春時光。我第一次在中國以外過年。中國……

這次妻自臺北侍親返來，捎回四弟莊靈交囑伊帶給我的一本五十三年前我初抵臺灣時的日記。日記本是紅布包裝的封面，上頭印著「一九四九年、啟明（書局）日記」字樣。內頁因臺北的潮溼及年久而有許多脫落。但，無論如何，這樣的「歷史實錄」，對我而言，是非常難得的。日記自一九四九年一月一日開始，斷斷續續記到十月四日。隨手翻檢，尤其是半世紀後的年尾，身在海外，不免百感交集了。

民國三十八年，我十五歲，初中二年級。兩年之前方自重慶因抗戰勝利而返南京，一年又半卻又「出國」到了臺灣。我在日記上寫「當年（抗戰時期）逃難，總還沒有逃出中國，現在居然逃出了中國了。臺灣，臺灣是什麼地方呀？」那時，臺灣是真的不出現在我讀過的地理課本上的，而我所記錄的確確實實是一個少年身經巨變的感受。那時從大陸乘船去臺，彷彿覺得是「出國」了。如今我在海外異鄉已經度過了三十八個年頭，而這才是真的「出國」，並且這樣的「出國」全然出於自己的決定。出國三十八年跟民國三十八年純屬巧合，重要的是我自初至臺灣的十五歲中國少年搖身一變而成為美國籍的花甲老人了。從假出國到真出國，從被動（隨家遷臺）到主動，五十三年的歲時，都不能在我心中的「中國」度過，很遺憾悵然。

我自幼就因戰亂流離。看來，有生之年也不易盼望到「九州一同」了。「中國」，在我心中，長久以來是一個隱痛。我的大學同學朋友，好多好多人，從海外回到了他們心中的「中國」，像陳若曦、劉大任……卻又失望地從中國逃離，去了他國。他們想要做一個真正的中國人，可是不成。今天，在臺灣，有許多人仍然想望著做一個中國人，但是「政治」卻抑止他們如此。一個文化上、祖籍上分明是來自中國的中國人，卻沒辦法做他們心中想望的「中國人」，這真是多大多傷痛的悲哀和諷刺！

我在五十三年前的日記中所用的語言，除了幾個錯別字之外，都留真下來，我一點都不後悔。真的，在政治上我是一個美國人，但心靈上我還是一個中國人。像我這樣純真的中國人，什麼時候才能不受外力影響而吐露真「中國人」的心聲呢？

美國《世界日報》，2003.1.7

落花

從獲知大哥過世的星期天早晨到現在，七十餘日又匆匆過去了，他的音容，竟有兩次出現在我夢中。其實，只要是在白晝不睡的時刻，我時或憶想起大哥來。恍恍惚惚的數十年流光，自抗戰期間的硝煙砲火到流落臺灣，到棲遲海外，細思量，我們同在一個屋簷下同生共死、相處相識的歲月和機緣並不很長很多。在臺灣，民國三十九年秋季，大哥因住校臺中市便於習讀升學大學而離家，這以後，只有寒暑假內，他才回到父親的家。當時（五〇年代初期），我們全家住在臺中縣霧峰鄉北溝吉峰村故宮博物院的宿舍裡。莊氏的「家」，是一所粗陋的村舍改用的。大哥、我、喆弟、靈弟同棲一室。室中是一日式的似炕的榻榻米床架，入夜兄弟四人便依序共臥榻上。

大哥在就讀大學的初期，已經有時有序地在課業之外，進行中國藝術史的閱讀和寫作的計畫了。他慣常在入夜後，俟下面的三個弟弟就寢了，獨自留在外屋——那間父親的客廳兼書房——一隅的小書桌上工作，直至深夜。有時甚至熬夜到將近天明。記得某年的某一個冬夜，我在寒雨淅瀝聲中醒來，看視一旁的兩個弟弟睡得正熟，就為他們拉掖了被褥。側過頭去，當我發現另一旁的榻上竟是空空的，知道大哥定然是在堂屋裡讀習著罷。於是輕躡地爬下了床榻，推門窺視。果然看見他在幽暗的燈下孜孜工作著。大約是我推門的聲響驚動了他，他卻並未朝我方看視而逕自說：「要撒尿就大大方方出來上廁所，要不然就回去睡覺。偷看個什麼？天涼。外邊下雨。把被蓋好。別著了涼。」我沒再多說什麼，也不知道究竟是夜裡幾點了，就折回又睡。第二天一早，我在雞鳴中醒來，看見大哥在我身側面壁睡得很酣，而他的外衣上裝卻蓋壓在我的腳上。

大哥只長我一歲。但是，對於下面的三個弟弟，自小他就展露著兄長的威。他很少跟弟弟們談話。我們也彷彿對他產生了一種微妙的懼感，儘量跟他保持著一定的距離。比方說，他在臺北的大學中習會了玩撲克牌橋戲，於放假回家時，便傳授教導我們三個弟弟。從斯時起，放假在家，只要兄弟四人俱在，而當他突然興起玩橋牌的意念時，我們便都得放下一切陪他作樂。不僅如此，誰要是做了他的「夢家」（橋牌賽中一家的 partner），那可麻煩大了。叫錯叫差了牌，大哥都會毫無情面地嚴肅苛責。「夢家」的下手若是出錯了牌，在被大哥手中一張不算太大的牌吃下的時候，他就會像撿到了大便宜似地興奮地用神態既威又悅地大聲說：「笨蛋！出牌一定要小心，一張出錯了就全盤皆輸了。」

基本上，大哥是一個極端注意原則的人。所謂「原則」，是指他自書冊上及中國傳統中汲取到的用之於一個人為人處世的應有概念及行為，尤其是關於一個知識分子的言與行。舉例而言，一個知識分子要表達他對某事的知識和見解，用大哥的話來說，其言行一定要「正當」。所謂正當，若是以行文方式來表達，則必需蒐證齊備，並以較佳的文字為之。不可以剽竊，不可以作一己特異獨行欠缺依據的立說。他的態度堅定，也因而難免在睥睨的眼神中傳達了不滿，或在稍嫌過直的言詞中刺傷了對方。質言之，大哥不耐「虛偽」和「矯造」，他在表達這方面的態度的直截，往往不預留任何緩衝，而使人難堪得不知所措。因此，在他的生活中，他所自認的「君子」，便相當的寂少了。

知識（學問）和為人，是大哥認為做為一個有良知的知識分子（讀書人）不可或缺的條件。凡是達不到他此一尺度的人，他絕不降格以求。他寧可傷人甚或自傷也無意悔改。雖然如此，大哥實際上不是「排斥」他人的人，而只是他對於「原則」的執著與要求太過僵硬了些。我們所謂「為人」，按照他的解釋，是「勢需有正直的風骨和氣度」的。

這樣的「自律」，在亂世或是社會上物質層面太過繁燦的時候，就頗不易彰顯了。實際上，我認為大哥是可稱得上「君子」的人。我這麼說，並不就因為他是我的兄長。對於世俗一些積非成是的現象或風習，他不屑也更不願俯從。在部分人的心目中，他便被歸納到「特異獨行」、「孤芳自賞」甚或「桀驁不馴」的範疇中去了。君子行善，就因為大哥的原意極其純善，他擇善而固執。可能太過固執了，於是乎顯得稍微「不近人情」了。北京人常說「轉不過彎來」，對大哥而言，確乎如此。無論人或事，大哥的處理應對方式似乎都有欠柔和，於是難免招致外界對他的負面批評與難以諒解。比方說，我上大學一年級的時候，某次到和平東路師大的學生宿舍去探視他。吃午飯了，大哥要我就在他們宿舍隨意吃了。可是，與他同室同系同屆同班的一位學長，逕自先去食堂小吃部購買了若干「私菜」來，表示對我的歡迎。大哥見了，皺起了眉，很不以為然地對那位學長說：「加菜的事，也輪不上你來張羅。又何必花這錢？我寫文章，有稿費，咱們大家用，不是一直這樣的嗎？」學長聞說，有些尷尬了，就涎笑著道：「對，不錯。每回你都把稿費給大家花了。今天我給令弟加菜，也表示一點小意思。其實，『一石兩鳥』，我白吃了，也算還了你的情。」說著，便又從褲袋中掏出幾張零錢堆在桌上，表示清還欠帳。大哥急了，一手推拒了那錢回去，連說：「你這是幹什麼？不必了。今天還了我明天又得再給你。何苦？」殊料學長堅持，來去送推之間，大哥出其不意抓拾起那錢，隨手登時撕得粉碎。一剎時很是寂然。他的「袍澤之情」的善意，就因為他的固執原則，竟而變成了對別人「不近情理」的負擔。

這都是數十年前的事了。一年三百六十五天，加起來怕也有一萬多個日子。一個人，在那麼多天裡究竟會變改能變改多少，除了因人而異外，也許只有從事科學研究的人才能給予較為懇切認真的回答。俗語說：「江山易改，本性難移」，對大哥而言，的確如此。做人，本來是一件並不容易的事，何況更得看是指什麼人什麼事。也許，懇切地說，是不論什麼事，去做時，問心無愧就好。我這樣詮釋，自認會得到上天的大哥含笑同意的。

實則，大哥並不時常含笑。至少，在他生前，我回想與他相處的時候，即使片段往事，他多數是擺了一張嚴肅寡言、抿嘴自信卻又執著的長臉。他似乎很少兩眼平視對方。我現在回憶(不管他是否同意)，他都不正視我。時下他已登天國，當然更不可能對我平視了。

一九九五年早秋，母親九十大壽，我跟喆弟自美返臺祝嘏。某日黃昏時分，我自岳父母在逸仙路的家宅去旁側的國父紀念館散步。在人群、市聲、及環繞公園四周的閃爍霓虹燈彩光影中，大哥搶眼地自公園另一頭朝我方緩緩走來。實際上，他是由大嫂牽攙著，從他們在光復南路的家走過來散步的。大哥的氣色尚好，只是病體稍顯孱弱。兄弟二人在那一塊我們熟悉的土地上不期而遇，竟像兩位自幼成長的總角相逢於天涯一樣，斯時、斯地，突然給予了我一份真正足實的淒涼意。仍然沒有笑容，也仍然沒有正視我，他佝僂著背，僅用低沉緩慢的微語聲問我何時返美。我答說大約不出一星期左右，也許由於忙亂就不踵門向他及大嫂辭行了。大哥聽了默然無語。起風了，於是大嫂為他扣緊了項下那一枚襯衫上的鈕子，又為他的夾克拉上了拉鍊。大哥偏昂了頭，望著天際。在那樣慘淡的早秋黃昏，我彷彿感到大哥跟我正像在抗戰時期，站在數不盡的山頭的一個上，凝望高遠的飛鳥歸鴉，悄默無言。那時的我們，在硝煙砲火中是望不見故鄉的。可是，那次在臺北，在那麼低陷的臺北城區，他又在探望什麼呢？不但沒有印象的故鄉看不見，連「白日登山望烽火，黃昏飲馬畔交河」的圖景也沒有；「無邊落木蕭蕭下，不盡長江滾滾來」沒有；「枯藤、老樹、昏鴉，小橋、流水、人家，古道、西風、瘦馬」沒有；寂寞天涯，大概他意會著自己也就是一個斷腸人那樣罷了。而大嫂終於攙扶著他在微微的咳聲中轉身走了。夕陽業已退隱，我一下子憶起了初中國文課本上朱自清先生的散文〈背影〉來，雖則大哥沒有似朱先生的父親在送兒子登上火車後離去時的回首，也沒有說「進去吧，裡邊沒人」那樣的話語，我卻有著與朱先生一樣的情懷，望著大哥的背影，我的眼角潮潤了。

兩年後，一九九七年六月下旬，大哥大嫂來美。他們先至奧勒岡州探視長子莊庚全家，再去東岸與次子莊明相聚。在東岸時，更晤見了一大批親戚，諸如大哥的舅兄張修明夫婦，姻親高銳夫婦，大嫂妹婿榮煌夫婦，大嫂小妹張琦等，可能意味著生離互道珍重再見吧。七月六日他們飛來舊金山，深夜我去機場接他們來酒蟹居，他們前後在我家盤桓四日。大哥的病體乍看還好，只是話語更少了。七月十日，就在他返回臺北的那天，在我們酒蟹居的「嘉賓留言簿」上這麼寫著：

酒蟹居自經兩度裝修，內外煥然如新。有時靜坐椒樹下，耳無車馬之喧，雖有花葉迎風搖落，遍佈衣髮，亦覺別有情趣。來美後，先在庚兒新居草寫〈隋唐醫藥制度〉一文，初稿航寄臺北（中央研究院），由研究助理電腦代字，以供九月初演講之用。而始在三藩市東風書店發現巢元方氏《諸病源候論》之註釋本，已不及備用矣。回首三年來，因患癌症，腸肺皆遭切除，亦曾一度悲觀絕望。後漸振奮，決心寫成《唐代生活史》以遂吾志，不當自棄棄世。來美期間，正逢香港回歸祖國，特為書之。

椒樹是酒蟹居後園一景。老幹密葉，盤錯多姿。來訪客人無不喜相稱讚。那年冬季，就在大哥返臺不久，未悉何故，老椒樹竟然一夜之間葉落枝萎，癱然死去。我當時即有不祥預感。此樹甚為大哥鍾愛，他每次來美，只要在酒蟹居歇腳，必會靜坐樹下納涼。若是早秋，更會親自擷取近旁杏樹上的果實，品茶啖杏與我談說。而如今人樹俱歿，每次我去後園整理或佇觀，都會引起淡淡的哀傷來。「樹猶如此，人何以堪。」在淡淡哀傷之際，我復記憶起大哥在我們「嘉賓留言簿」上所寫下的話語中「後漸振奮，決心寫成《唐代生活史》以遂吾志」那一段。想到他在寂寞天涯對於自己寂寞身後事，於病痛中猶懷志發願要立言述說，抱著不負殘生的堅定意念，這豈非正可以反映出來我在前面所說，大哥是有一定的知識分子「自律」的亂世情懷了。

自六〇年代後半段起，我們莊氏兄弟四人便天各一方散居索住了。但是，天涯迢迢，我們的心仍是緊緊地繫在一起。正如三弟莊喆在一九八六年為我的《莊因詩畫》一書所寫的序文中所說：「二哥莊因一直住在美國西海岸的金山灣區，我住的（美國密西根州）安雅堡（Ann Arbor）牛坡居則遠在兩千多里外的中西部（按，喆弟已遷住紐約逾十年了），四弟莊靈在臺北，大哥莊申則客居香港（按，大哥自港遷回臺北，也已十餘年了）快二十年。這樣四散著而又能在精神上連結在一塊，歸根究底，還是從小的十幾年由全家漂泊動盪中而到中年，又不時回想的那點溫馨所使然的罷。」

是的，「那點溫馨」，去年（一九九九）秋間我們兄弟發起同遊大陸，追雲隨月重訪抗戰時期我們童稚時代在各地的故居之旅，便因大哥的病體未能同行而減色更令人遺憾。那時他正在香港大學客座，雖則我們進出大陸都經由香港，卻陰錯陽差，竟連在電話上跟大哥說上一言半語的機會都沒有。我本來想告訴他，我們曾訪問在貴州的兒時故居，我在四川重慶為他就讀的母校南山中學照了相，以及在南京朝天宮的故居情況，可是都只能在返美以後用書面方式向他報告了。「遙知兄弟登高處，遍插茱萸少一人」，真是可惜之至。但，最遺憾的，是我不但在大哥過世前兄弟未能有再見一面之緣，竟連跟他說上最後一句話都沒有。去年返美以後，十月，某日我打越洋電話給他，是大嫂接的。她說大哥咳嗽得厲害，不宜說話，我遂未堅持，殊知那會是我此生跟他最後一次說話的機會了。

前數日，立秋後的一個深夜，中宵醒來，前院天井花叢中有陣陣強勢的蟲鳴，自窗外爬上窗櫺，傳遞過來，擾得我不能再睡。突然之間，我意會到可能是秋蟲因哀悼花落而鳴嘆罷。於是想起了一首抗戰時期在小學時習唱的叫做〈落花〉的曲子的歌詞來，大哥一定也會唱的。那首曲子的歌詞是這樣的：

落花，落花，
我不禁為你憐。
當你絢爛時，人愛你，
等到你一旦紅顏老去，
那時候，誰為你知己？
落花！落花！

世態本炎涼，可畏！
可畏！
落花！落花！
我願長做你的知己！

《聯合報》，2001.3.2

無寵不驚、何其平凡

我的岳父夏承楹（即人人皆知的「何凡」）先生的文章，最膾炙人口的，是他在《聯合報》副刊「玻璃墊上」專欄所寫的有關四十餘年的臺灣文化發展史。之所以如此，是《聯合報》身為臺灣新聞界的喉舌地位的結果。誰不看《聯合報》，哪家哪戶如果不訂《聯合報》，彷彿是跟不上時代的時人。

「玻璃墊上」是民國四十二年十二月最初在《聯合報》面世的。我於該年秋入臺大求學，以大一的「新鮮人」身份，在羅斯福路四段臺大校總區當年的圖書館一進門的閱報室站著與它結緣的。我說「站著」，並不誇大。當年臺大圖書館的閱報室內只有十幾架報架子，學生都肅立報架前快手翻閱。沒有椅子，更沒有今日大學生可以隨意喜好坐在沙發上蹺二郎腿的自由。報架子前面人口熙攘之處最屬《聯合報》架前，有時一位讀者正在閱報，不覺間身旁身後已經站有數人在探頭探腦了。而此刻尤以在架前讀者讀副刊

「玻璃墊上」時為甚，真是到了「人頭擁擠」的地步。學生似乎沒有太多餘暇閱讀長篇大論的文章（可能與鄰近伺機而動的人太多也有關），但對於「玻璃墊上」那樣的小豆腐方塊上像撒下醬油、鹽、蔥花，爽眼、味足、痛快、過癮的文字，則是把站立的疲乏全忘懷了。

我當年在臺大求學時，每週大約有兩三次與同學於夜間離開圖書館後去校門口對街的飯店吃油餅喝牛肉湯的消夜之樂。尤其是在冬日的寒意中，享用著潤口暖心的油餅牛肉湯，再回憶起《聯合報》上「玻璃墊上」的文字，便有一種足意的欣快愜爽，認為那是人生美事。

據何凡先生自己說：『「玻璃墊上」大抵以社會動態、身邊瑣事、讀書雜感、新知趣事等為題材』，而且文字有韻味、成熟老到、不無病呻吟、不吊書袋子、不作形而上的縹緲，自然親切，我說跟吃「小蔥拌豆腐」一樣，真是貼切。何凡先生自己還說：「專欄作家的職責是揚善批惡，以鼓勵向上，糾正偏失」，這也可以作為我說他「不無病呻吟，不吊書袋子，不作形而上的縹緲」的注解。所以說「玻璃墊上」記寫描繪的是臺灣四十餘年的文化史，並不為過。

「玻璃墊上」的文章，因為所涉龐雜，又受「題材」之約束，只能歸入「雜文」一類。但是，岳父大人的文字，尚有其文學性的一面，這與「承楹有狷介坦白的秉性」（見梁容若先生為何凡《不按牌理出牌》一書所作序文）有關。除了「狷介坦白」之外，我覺得似乎還可以加上「勇敢」二字。一般撰寫專欄的人，難免「文以飾非」，落入「坦白」與「勇敢」間的陷阱裡去了。岳父大人玻璃墊「外」的文章，另有數冊，都是文學性的散文。梁容若先生說得好：「我在大學生時代，很喜歡讀陳通伯（西瀅）先生的散文，以為晶瑩如珠，清明如水，切理當心，恰到好處，雋永詼詭，隱約在字裡行間。……從西瀅擱筆以後，許久不見替人。承楹的雜文，實在跟西瀅閒話有類似的優點……承楹所寫，範圍之大，下筆之勤，持續之久，都遠過於通伯先生。」的是中肯之言。

不管怎麼說，「文如其人」，我總覺得「何凡文風」與他的「無寵不驚」及「何其平凡」的人生哲態分不開。岳父大人一生最後一本著作，他自定書名為「何其平凡」，正可以看出此點。他下令要我這「半子」的女婿題寫此書封面，我雖是受寵若驚，但想到了他的「不按牌理出牌」一說，雖誠惶誠恐，便亦欣亦喜地領命了。我深深覺得，在當今爭名逐利的世局社會中，甘於平凡，是一種很難自持的生活態度。一個自認平凡的人，要想「無寵不驚」過其一生，如我岳父者，是少之又少而難能可貴的。

我的岳父生性內斂嚴肅，訥於言辭。尤其是家中有美貌善言廣交精明能幹的岳母林海音，就更顯得幾分寂寥了。有時，在家中賓客滿座時，他剛要張口吐言，卻被我岳母的大嗓門清亮脆響的發言給封擋了，她說：「承楹，你要說什麼？大聲點，我怎麼聽不見！」岳父大人聞言嚅嚅粲然一笑答道：「我這才剛要張嘴，什麼還沒說呢。」他自己形容這種場合就彷彿裝在大玻璃魚缸裡的魚，張著大口似乎訴說著什麼，卻總不聞其聲。對於這種「女強人」強勢下的局面，岳父大人從未表出不悅，或夫以妻貴的諂態，他只是輕鬆地對他的大女兒（我的妻子）說：「你母親有很多優點，你可以多學學。」

一九九五年我回臺，住在岳家。有一天早上我陪岳父岳母步行下樓，沿逸仙路到忠孝東路口上的7-11小賣店購買早餐。我與岳父買了三明治及滷蛋，而岳母大人看中了架上的「速食稀飯」，喚岳父去看。岳父沒去，只搖頭不語。回家以後，三人坐食剛才親自採購的早點，岳母將那盒稀飯依調食法加熱後食用，大約味道不甚可口，卻又不忍自棄，就操著清脆的京腔以一向獨斷自信又不服輸的語氣對岳父頻道：「承楹，你也嚐嚐這新鮮玩意兒，挺不錯。」岳父不理睬，啖嚼著三明治與他親手炮製的泡菜跟我繼續談說。

一會兒的工夫，那盒速食粥就被我岳母輕輕推動，以「暗渡陳倉」之勢到達了岳父身前。岳父放下了手中的三明治，不苟言笑地聲明：「人是有尊嚴的。」那六個鏗鏘有聲的語音，至今仍響在我耳際。似乎也正道出了岳父大人一生為人的自尊操品來。

美國《世界日報》，2003.1.10

按：何凡先生一生最後著作《何其平凡》一書，業經三民書局於民國九十一年二月出版。

靚麗的身影

我的岳母林海音先生在世時，無論何時何地，一聽聞到她那清脆爽人洋溢著熱情的「京腔」時，放眼望去，不必等待「眾裡尋他千百度」，而定會看見如雨霽後自翳雲邊鑽出的陽光似的「大美人」的她來。

「大美人」這個讚說，已經忘卻究竟是什麼時候我對她稱用的了。彷彿是在上個世紀的七〇年代的一個夏天，我自美返臺，某次去臺北忠孝東路四段二〇五巷夏府參拜岳母大人的時候吧。那次，家中無他人，岳母大人應門延我入室之後，又坐回客廳沙發上接應電話去了。她是用臺語講說的，很順溜，且聲音響脆似銀鈴，可我就覺得有一股「京腔」打底，像秀場的口白，在耳畔嗡郁縈迴。未久，她放下了電話，笑著改用字正腔圓的「京白」對我道：「怎麼樣？我的臺語也很不錯吧？這可是沒有幾個人聽過的啊！」我因自幼抗戰以來走遍南北多省，對於語言雜夾的實情感受貼切，便不諱地直言作答：

「您說得很溜，只是京味十足。這大概是林海音的臺灣話。」

岳母聞說，沒表示什麼，就習慣地站起去沏茶，用另外的情事把眼前的尷尬岔過去了。之後，她溫切地詢問她的長女（我的妻子）及我們的孩子在美的生活近況。我答稱很好，許是由於我有「刨根兒」的習慣，不自覺地帶出一句尾語：「您的女兒說話真像您，連表情架式都像。」

岳母大人把目光自我臉上移至天花板去，用含混了鼻音的京腔說：「我有三個女兒，你說的是誰？」我道：「您的長女，我的髮妻，姓夏喚祖美的那個就是。」岳母大人解笑之後，彷彿就是在那當兒，我向她稱說她是我心目中的大美人。她笑得更燦更靚麗了。

「靚」，用英文說是 doll up，也即是我們口語「打扮得漂漂亮亮」之謂。我用這個詞來描述我的岳母，真是「實話實說」，全無「取悅」意圖。岳母生前，外出時打扮之齊整端麗，是眾人皆知的。她所給予我的這種強烈的觀感，重要的是，這樣的觀感正代表著她內應外出，表裡如一的渾然。英文常用 beautiful 這個字來形容一個人，真正的意思並非稱說外在體型上的美麗，那樣的佳人，似乎用 pretty 一字就夠了。而 beautiful 一詞，說的是「真善美」絕妙的美。當然，對我的岳母來說，她原就貌美，那麼，我說她是「大美人」，更是當之無愧的了。

在我的記憶中，岳母大人從未給過我們片言隻字的信牘，可我們卻數度接收到她自臺航郵寄來的大疊她的「大美人」照片。這也許意味著她有意要讓我們有「以假當真」的感同身受吧。

我們海外的家「酒蟹居」的起居室裡，有一具臺灣製作的燈飾。通電之後，淡紫色的噴水玻璃假山石，立刻轉發出溫潤祥和的無限藍色光輝，灑在四下，十分舒好亮麗。那晚，我們接到來自臺北岳母大人謝世的越洋電話後，就開亮了那燈，全屋即刻溫暖燦爛。岳母大人的靚麗身影彷彿就在光耀中閃現，還有那一口明亮清脆引人的笑語。

我忽然有感，寫下了五言二十字的一首打油詩，道出了我內心真切的感受，是這樣：

靚麗大美人
內外炙膚親
借問誰家女
含英林海音

《聯合報》，2002.1.10

初著牛仔裝

五十餘年前讀中學的時代，不知何時，像一陣乍起的風，美國的牛仔衣裝便悄悄在臺灣登陸了。那時，與牛仔裝同期進襲的美國貨，還有小顆粒包了糖衣的口香糖膠，和美軍用的草綠色帆布製做的行旅背袋。於是乎，學生中比較時髦也比較在財力上應付裕如的，就穿上牛仔褲，背著軍用帆布袋，嚼著口香糖，騎了進口的飛利浦牌單車，在街頭風光起來了。我自己當年雖然沒有騎飛利浦單車，也不穿著牛仔褲，更不嚼食口香糖，卻也背了美軍行旅用帆布包（有一條帶子繫在腰間以求穩固），書包嘛！大約可以說是學樣不足的「半假洋鬼子」。

當年穿著牛仔褲的人，百分之九十九點五是男學生。女孩子們，中學生都是白衣黑裙，相當樸素。何況那是所謂「克難」時期，政府在思想上提倡「乾淨」，行為要有「規矩」，所以，異服奇裝很不易盛行。牛仔褲在該時的環境下，就成為「不正」的一解了。

穿著牛仔褲行走在大街上或出現在公眾場合，別人總多少對牛仔們另眼相看。除了「風氣」的瀰漫以外，還因為與穿著的人的表態有關。該時穿著牛仔褲的青少，幾乎十之八九都會把褲管修改得狹窄附身，彷彿包粽子一樣（竹葉緊密地裹住糯米），少年們穿在腿上，平滑、細潤、勻稱。牛仔褲彷彿永不波皺起紋，粑在腿上，就跟寶劍在鞘一樣。那時我年輕多幻想，總為穿著牛仔褲的朋友懷憂，生怕他們脫褪褲子的時候，萬一失手，會撕拉下一層皮肉來。牛仔褲既是緊繃在腿上，便就勢把臀部的曲線生動有致地突顯出來了。這可能也就是少年們有意擅將褲管改成細小的原因。年輕人愛美有創意，非無故也。

如今穿著牛仔褲，一似水銀瀉地，蒲公英遍處花開。若與當年比較，肯定是今勝於昔的。我在前面業已言明，當年係「克難」時期，政府除了大力提倡三民主義外，更強調傳統。傳統重男輕女，所謂「平權思想」似乎僅及於代父從軍的花木蘭和高唱「秋風秋雨愁煞人」的革命烈士秋瑾。總地來說，少女是不宜穿著牛仔褲這般不登大雅之堂的東西的，因為風氣認為女孩子的閨秀氣質絕不容被牛仔強行奪去。而現時上自總統大人、政要權貴、富賈明星，下至平頭百姓一介凡夫，都可隨意穿著，就跟有井水處便有人吟唱柳詞一樣，無人大驚小怪了。

我注意到，今昔穿著牛仔褲之最大不同，是今人不再把褲管擅改後緊包在雙腿上以禦春寒冬雪了。大家都自自然然穿著，無寵不驚，弗做誇張。這似與現時的潮流風尚有關。當今年輕人的褲子，流行七尺八肥的鬆弛大褲腿，而且褲腳還厚厚積疊一落；何況時裝男模特兒更故意穿著牛仔褲配了上好衣料的西服上裝以顯其「酷」(cool)，這當然都刺激穿著牛仔褲的少年改弦易轍了。尤有甚者，男女平權提倡的結果，少女們似乎業已奪回了自由穿著牛仔褲的權力，一般婦女亦然。姑無論居家、運動、休閒、上學、上工、上班、出客、採購，都是牛仔來往，瀟灑自如。眾人穿著牛仔褲就像學生穿了制服，軍警穿了軍衣一樣，肅整固然，更添了代表平民思想及自由調適的新義。

我個人或許有一點稍顯主觀兼具偏見的看法，就是，總覺凡事不必一逕氣急敗壞地仿效別人。比方說，前數年，男士的西服流行墊肩、大尖箭領口、雙排扣、包纏腰身的一種款式。這原是為高頭大馬、寬肩、厚胸、粗腰的西士男子設計的，他們穿著了，予人呼風喚雨、挺拔英爽的偉岸氣勢，可謂相當「稱頭」。但是，國人中就有許多對於時尚總是表現出力著先鞭的一群男士，他們酷愛喜新，不計青紅皂白，爭相競著。單薄的上身，套在這種新款式的西服裡，彷彿卡通畫片中骨架子細小纖弱的機器人，行動尷尬，讓人覺得失常遺憾。穿著牛仔褲亦同理，特別是喜愛包粽子一般緊繃的牛仔褲者，一定要把修長中度的雙腿及生動曲線的臀部美感綻露方好，稍微上了歲數或曲線略遜的人恐怕仍是以穿著稍感寬泛的褲子遮醜為是。我們說「東施效顰」，不無道理。

現在說到自己了。年近古稀的老叟，居然不甘寂寞，竟向青少學樣，穿著起牛仔裝來了，怎麼回事？事情的原委是這樣：商場中售賣的成衣中有一種以牛仔布料裁製的男子上衣，基本上是襯衫型，前胸有配袋二枚，內有夾層，可以當上衣穿，而不需繫於皮帶內。我一向不追求時尚，當然也不特異獨行。對於穿著，於進入老境之後，特感舒便自然的重要。拿穿衣為例，穿著西服最令我不爽悅者就是在脖子上繫結一條領帶，極不舒適（我也真感覺不出什麼美感來）。於是我私下給「領帶」起了一個綽號，叫做「牲口帶」，好像牛犬，常時頸上配繫繩子一條。人既生為萬物之靈，何必向牲畜學樣？這也似乎太糟蹋人權了吧。

前面說的這種牛仔上衣，在家穿著，既輕便舒爽，而且尺碼寬大，免燙，正合孤意。花木蘭於解甲還家後都有「著我舊時裳」之樂，我也知道再穿寬袍大袖的藍布長衫短褂的時代，已經白雲悠悠去得很遠了。人在域外，現在有穿著牛仔布製作的「假唐裝」機會，兼有重返少年的幻覺，垂老之年，頓生一點並不惹人的豪情，有何不好？孰云不是？

《中國時報》，2003.3.15

食差

幼時，每過一段相當的時日，母親總會和顏悅色用懇請的語氣對父親說：「瞧，孩子們的衣褲都補了又補，該給他們買新的了。」斯時聽見這話，立刻感受到無限幸福，靜靜地待一身暖意像一泓清泉流過。抗戰時期在大後方的母親，大概都有在逃難流落他鄉為孩子張羅縫補衣褲鞋襪的本事和經驗。打編毛線織衣，那絕對是不屬一般人的上等奢侈。

自古以來，食與衣，長久都是中國人用來度量生計的標尺。先說衣，講究質料及款式，對市井升斗而言，可說是民生大進以後才有的概念。能夠「蔽體」已很難得。屬於「錦衣」階層的綾羅綢緞，市井小民認為是無上尊貴的東西。有女出嫁，在大紅轎前倘有羅列的那樣亮麗的嫁妝，觀者都會瞠目結舌。我記得抗戰時期的幼年，在貴州省安順縣城，我們的房東汪太爺，總是穿著黑青色團花的長袍，手中捧了耀眼的黃銅水煙袋，真是氣派非凡。汪太爺就曾經是我幼年心目中嚮往的大人物。再說食，「錦衣」族也就是我們常說的「朱門酒肉臭」的人了。雅一點的說法，稱其為「玉食族」。社會進步之後，錦衣及玉食都先後下降層級，百姓似乎不必「翹首」巴望了。對於時下的青少年朋友，你若跟他們談說「錦衣玉食」，如果不當那是白髮宮女聽說天寶遺事，就會以為你是在逗樂演說「相聲」，而且大口一個漢堡牛肉麵包，飲著可口可樂，笑得前仰後合。

六十年一個甲子，時光逐年消逝。但是，流「差」卻已大得今非昔比，頗令人悚驚了。拿「穿」來說，除了高級絲綢呢料因價格特昂因而鮮為升斗之民享用外，不論款式，人造質料的東西可說價廉物美，人身一件。皮毛之貨，則由於新觀念「萬物皆一」的興起，原來對之嚮往但恨生不逢時的人，如今都知難而退，收心洗目，不再對皮毛作長期抗戰的思量了。人造纖維這新寵，已經把過去的上下觀念扯平，拋開世界名牌鞋履，一般人腳上有皮無毛不足為奇。奇的是穿了量身的整套西服而足蹬Nike牌的運動膠鞋的打扮。男人的耳朵上、眉上、鼻孔上、唇上下都上了耳環的新潮流當令，風光無限。絲綢皮毛全去他的。我自己初上中學的時候，一雙短腰的黑白二色的「回力」球鞋，已經讓人神魂顛倒，現在呢？冬天，冰雪肆虐，要是在脖項上繞了一條毛質圍巾，那暖意都會纏在別的行人身上。而當今，解開襯衫扣子，袒露著胸毛，走在瑟縮北風中才夠味道才「酷」，誰要毛質圍巾？

再說吃。大約半世紀前，十二個一打的雞蛋堪稱甚是亮眼的貨色。我讀中學時，誰的「便當」盒中要是每天臥了一個雞蛋，姑不論是滷、是炒、是煎，那就是令人豔羨的「特殊」標誌。四十年前我上大學的時候，宿舍伙食有「加菜」一說，倘若加得煎蛋一個，黃澄澄的蛋黃覆蓋在白米飯上，看在眼裡，吃在口中，那種心滿意足的感覺，一個月都洗不掉。星期六偶爾去豆漿店吃早點，叫一碗豆漿，倘若加一個蛋，那「蛋」的聲響，不論出自你的丹田肺腑，或是出自堂倌的高亢嗓門，定然都是「理直氣壯」地衝口而出，語驚四座。而現在，在科學知識的普倡，文盲數字與日俱減的情況下，「蛋」之一物，已經淪為市井流氓的身份了。「營養」一說抬頭後，許多人爭先恐後拋棄「玉食」，而向青菜豆腐諂媚揮手。錦衣進入寒門，甘心降尊屈志，都為苟全性命於亂世吧。

前一陣讀英文報，有一篇名為 California teenagers' unhealthy habits worry experts 的文章，讀後也真令人憂心。尤其是我身為加州州民，不能再以「干卿底事」的態度視之了。文章說，當今加州的青少，一言以蔽之，都超重過胖。於是，對有識之士 (experts) 而言，如此快速增長的「癡肥」(sendentary overweight) 現象，將無可諱言會導致心臟病、糖尿病、癌症及中風的發生。於今，癡肥的青少，較之二十年前增加了大約一倍。全加州的青少，有三分之一可被列為「超重」。特別是黑人青少，根據加州柏克萊公共衛生研究所的報告，已經半數以上不合常情了。該研究所的副主任卡門・內瓦瑞茲醫生說：「我調查了一千兩百一十三名十二歲到十七歲的青少，他們的飲食習慣及行為太值得我們警惕了。他們成天坐著看電視，沒有正常的運動，看電視時就知道不停地嚼食土豆片。當然，還有的成天搞電玩，也是一樣。」據卡門先生說，三分之一經他調查的青少都承認，他們一日三餐，至少有一餐端仰土豆（即馬鈴薯）為食。三分之二經調查的人更明言每天有兩頓飯就靠快速食品打發。幾乎經調查的人的半數，一日三餐，都不沾青菜。身兼美國小兒研究院工作的史丹福大學教授湯瑪斯・羅賓遜先生說：「我們的生活環境糟蹋了這些孩子。」

所謂「環境」，當然是指人為的物質生活環境，因為我們早已不在弱肉強食，獅子啃啖鹿羊的生活環境裡了。說也奇怪，目前在自然環境中的動物，在在得到有識之士的良心發現，不屠殺不噬其肉，卻不遺餘力一勁兒搞出「垃圾食物」(junk foods)，來殘害人類自己。文明日進，反倒令人不知人類的思維是否真被善用了。加州衛生署的發言人蘇姍‧佛爾斯特女士說：「老實說，我真不知道這種情況會否改善。」

雖說前述的壞消息是對於黑人及墨西哥裔的青少最為不利，但是，對即使包含了白人及亞裔的加州青少而言，他們的反應基本上是「嗤之以鼻」，懷抱著「視死如歸」的大無畏精神。就以一位十八芳齡名喚艾琴德拉‧羅蜜茲的少女為例來說，她大笑回答道：「誰說我們吃的食物會讓我們短命，活不過四十歲？算了！我們年輕得很，我才不吃什麼生菜涼盤，水果、豆芽菜那樣的東西。我的飲食習慣不可改。十年以後又是一條好漢，只怕到那時候，我們的飲食全改了，誰知道？」

真的，誰知道，很可能十年後世界上的人爭先恐後的搶食草根樹皮哩！

《中國時報》，2000.12.28

野趣

凌萬頃之茫然

青少時習讀蘇東坡的詩詞文賦，最喜愛那些描寫得看似文非，卻又令人眆沸腸熱、飄飄欲仙、感喟而不能終卷的句子。譬如，在〈赤壁賦〉中他說：「少焉，月出於東方之上，徘徊於斗牛之間。白露橫江，水光接天，縱一葦之所如，凌萬頃之茫然。浩浩乎如馮虛御風而不知其所止，飄飄乎如遺世獨立羽化而登仙。」他那種「縱一葦之所如，凌萬頃之茫然」的登峰造極逍遙穹宇暢欣酣醉的感覺，真共其瀟瀟灑灑的文句「也無風雨也無晴」，天上人間了。

該時年少，入世不多，而竟能興起不克自抑的神感，用現代文句來形容的話，當係「體內的文學細胞」在作怪吧。但，無論如何，我這一生首度真有東坡先生所寫的「凌萬頃之茫然」感，是在我完婚的那一日。那天，在教堂的神龕前，當新娘子身著一襲白紗禮服，宛如仙女下凡貼身站立在我近旁時，她的確就是「出於東方之上」，讓塵凡俗世立時亮麗起來的圓月了。而於是乎，我便隨之興起「縱一葦之所如，凌萬頃之茫然」的感覺來了。霎時間，再也找不出比蘇東坡的「浩浩乎如馮虛御風而不知其所止，飄飄乎如遺世獨立羽化而登仙」的句子更能令我沉醉的了。是了，知我者，東坡也。

人生欣快暢樂，各有不同。不過，得與所愛之人終生相守，那肯定比升官發財樂福太多太多了。這裡面有「前緣」在，似乎不必經營什麼就會天作之合。所以，「凌萬頃之茫然」感，不是一般可求的福樂所能令你親炙的。而我在新婚當日所產生的「凌萬頃之茫然」感，真的是太強烈了一點。由於那天喜宴上我不勞儐相為我及嬌妻擋酒，不管生張熟魏，凡向我們敬酒者我都笑嘻嘻張口仰脖一飲而盡。其結果，洞房花燭夜竟讓我妻靜守新房，而我早已醉臥榻上，「浩浩乎如馮虛御風而不知其所止」，不曉得飄到何方去了。

說來至今仍覺歉然的神感，這兩年來偏靠古稀的晚境，竟又翩翩如蝴蝶輕飛水面落在我心上。那是因為妻的父母年邁氣弱體衰，伊經常往來於臺美間。當伊離家期間，是我獨守空房，卻沒有三十多年前新婚之夜佳人於卸裝後床榻畔無語陪伴而竟自醉入無人之境去的幸福。家中巨細一肩承起，吃 TV dinner，飲酒無心情，徘徊酒蟹居中，慎獨無語。朋友詢問我的感受，答云如在星光下風平浪靜的大海中浮泳。而每次去機場迎迓夫人返來時，彷彿墜落茫茫寂寂大海中，終於奮力獨泳攀岸，回首看望時，一輪明月，靜美掛天。那樣的「淩萬頃之茫然」感，有較之新婚之日更幸福更舒好更完美的暢爽。

何以如此？這跟三十餘個歲時的推移，兩情相知的深邃與棲遲域外的生活實感有關。一九九九年初夏，瘂弦偕橋橋造訪酒蟹居，在我們的「嘉賓留言簿」上寫得好：「咱華人海外家園是獨立家屋，關著門是中國，開了門是外國。最好的辦法是兩口子互為中國，你是她的中國，她是你的中國。輕憐蜜愛之外，另有一番文化互動，相看兩不厭，只有酒蟹居。」因此，除了「淩萬頃之茫然」的快感以外，還有一層微雨輕寒的浸悸在。「月有陰晴圓缺，人有悲歡離合，此事古難全。」這還是蘇東坡的句子，那麼真切，那麼淒美無奈，那麼酣暢。而我是一直在徘徊於斗牛之間的明月普照之下，畢生都有「淩萬頃之茫然」感的。我想。

《聯合報》，2002.11.21

有容乃大

古人說：「無欲則剛，有容乃大。」言說一個人倘無私心，對人對事不先入為主，則為人必然穩重嚴正；而若能兼容並包，有大格局，則必為人廣度稱讚。這原是修身為人處事上行為主義哲學的道德觀。但是，除開這種「政治」上用力的涵詠，如果用在其他方面的話，似乎也頗見可行可愛、可圈可點的地方。

即拿「吃」來說，所謂「吃家」、「美食家」，其基本應具有的條件便是「口無遮攔」。從古至今，不論東西，都能品嚐，都能欣賞，不忌口。有了這樣的基本功夫，方可去談論飲食之好壞，言之成理且有理，讓人心服口服。

我有朋友身為南人，但總稱說北方食饌之「粗糙」，語多譏斥輕蔑；也有人認準了中華料理，洋人的飲食概不入口。坐他的汽車去旅行，每因腹飢而遍覓中國餐館不得，鬧得眾人人仰馬翻。這便都是因為不懂「有容乃大」的加意權變使用而痛嚐苦果。

所以，談吃，是不能有主觀偏見的。中國菜好，我絕不反對。但是，怎麼個好法？這就與文化相結合，不是張開嘴巴、囫圇啖之即可了。尤其身在國外，姑不論你願意與否，與洋人共處，你隨時都得有充當「文化使節」的心理準備，對於某一道菜的來龍去脈、歷史典故，以及文化方面的任何小節與社會的變遷等，皆能知其淵源，便不會有遭到別人「豬八戒吃人參果」的譏訕了。

比方說，「鍋貼」一物，乃是中國美食之一，但究竟是南人或北人之食物，一般國人則不知之。再說，何以稱為「鍋貼」？而不是煎？現代人也不管那許多了，只是沿習使用「鍋貼」這個名字，其他一概不知。糟糕的是，現在的中國餐館，不但食客不知「鍋貼」的究竟，恐怕連店家製作「鍋貼」者也不曉鍋貼之為何物了。

時下的中國餐館售賣的鍋貼，大多是以水餃煮熟之後，置於冰箱中冷卻，再用以微量食油煎製的。殊不知「鍋貼」與「水餃」原本不同，形狀不一不說，即連麵皮之製作也有異。鍋貼皮是以燙麵製作，其形狀是直長似指，而非似水餃的狀如元寶呈彎滿形。

最要緊的是，鍋貼兩端必然留空口，其目的就是放置鍋內加溫貼烤時，因張口方使鍋貼加熱易熟，而其肚內湯汁溢出，不但香味遠逸，才有黏合貼切近旁鍋貼之旨用。鍋貼是生將此物於包和好後置於鍋中加熱貼烤，點以冷水，只用極微量的油，加鍋蓋靠水汽燜熟的。不是用煮了的水餃，再用油而不加水，用敞鍋煎出的。

前言鍋貼長直如指，排在鍋中，起鍋時都數枚黏貼一起，不是煎餃子的「個體戶」。還有，鍋貼的餡，是用韭黃豬肉，其味芳香味美可口，不似現在「煎餃子」的一大團硬硬的豬肉摻和了若干菜葉。

我以前在臺灣上大學（四十餘年前），週末與同學外出，至小飯館來一客鍋貼及一碗清燉牛肉湯，熱熱呼呼吃下，快活似神仙。一盤韭黃豬肉餡的鍋貼放在桌面，餡香四散，未曾下箸已先流涎了。

似此，談吃也是需要些許學問的。因為「食」之一事，實為藝術，製作方面更是如此。英文用culinary（烹飪用的）一字與art（藝術）一字合用，中文就是「烹飪藝術」，可見「食」是有講究的，是有學問的。現在，我們常犯「政治化」的毛病，談說時似乎無政治而不爽而不貴裕。這種「泛政治」的現象或多或少干預著我們的生活。

我覺得，談吃的時候最好將「政治味」撇掉，這樣方能體展「口感」之妙。藝術只與文化攸關，而無關政治，不是嗎？

最近讀到一本由前臺大歷史系教授逯耀東先生寫作的大著《肚大能容——中國飲食文化散記》，就給予我更多更大的勇氣，支持我在前面言及的食與文化的說法。逯學長是我當年臺大同屆的相識，我們當時都是臺大校刊《臺大思潮》的編輯參與人。

逯兄博學隨緣，治學廣泛精到，又有文采，他的文章我一向喜讀。尤其是，當他於十數年前自香港中文大學返回臺北任教臺大後，所講授的飲食文化精髓，用才氣逸秀的文筆撰寫的學術文章之外的散篇，精采絕倫，極受器重、喜愛、推崇。

是此，我願意在此鄭重推荐這本難得的好書，它把「吃」與「文化」有心的牽在一起，以趣味秀逸的文筆來談吃，讓我們心與口得到了「虛」與「實」的雙重滿足。

我在文前已經提到，「有容乃大」，就是希望大家都在「吃」的方面多增添一些知識，多有兼容並包的器度。這本書的作者在其「序文」中就說：「作為一個飲食文化的工作者，也是要肚大能容的。飲食文化工作者不是美食家。所謂美食家專挑珍饈美味吃，而且不論懂或不懂，為了表現自己的舌頭比人強，還得批評幾句。飲食文化工作者不同，味不分南北，食不論東西，即使粗蔬糲食，照樣吞嚥，什麼都吃，不能偏食。……所以飲食工作者的肚量比較大些……。」

其實，逯兄不但以「飲食文化工作者」自許，他實際上也是一個美食家。因此，他說「肚量比較大些」，是雙面語，肚量不大，怎能成為「吃家」、「美食家」呢？「什麼都吃，不能偏食」這才配當一位美食家。

目前，注重「吃」的朋友，自己「親手製羹湯」已經少之又少了。花它百把大元，在飯館裡吃上一頓就是了。但，「解饞」其實並非完全經濟上的考量，它還是要文化上的解法。只有這樣，你才有富足天下的快感，才有「人上人」的欣然。

在這冊《肚大能容》的書裡，關於「牛肉麵」，作者就動筆一連寫下〈也論牛肉麵〉、〈再論牛肉麵〉、〈還論牛肉麵〉三篇佳文。這樣看來，小小一碗牛肉麵，學問可大了。

我們都愛吃牛肉麵，但是，只有在看過這本書以後，再吃牛肉麵的時候，也許才會真正品出牛肉麵的鮮美味道來。

美國《世界日報》，2002.12.24

按：逯耀東教授《肚大能容——中國飲食文化散記》一書，業經東大圖書公司於民國九十年八月出版。

漏網之魚

現代新派描寫這個時代的新詞是「爆炸的時代」。所謂「爆炸」，是說事態世相瞬息變化，朝夕有異。於是乎搞得你頭暈眼花，應接不暇。事態之多如牛毛，變改之速之易，真彷彿是不定時的炸彈，令人膽戰心驚。言我們是生活在這樣一個「爆炸的時代」，真是至理名言。諾貝爾獎沒有「語言獎」，如此俏靚的現代名詞，至少應該在美國好萊塢的「奧斯卡」電影大獎之外，另闢新獎才是。

且以飲食為例，某物倘經醫界品提，直言其導致用者的後遺症如何如何，則不但該物立即滯銷，人人驚走迴避。此物的祖宗八代，姑不論當初如何顯赫出人頭地，一夕之間，卻是解赴法場，人頭落地了。即使未喪命於大刀之下，黃泉之中，也都似過街老鼠，人人喊打，這確非危言聳聽，雞蛋便是一例。

猶憶半世紀之前的抗戰童幼時期，雞蛋乃是無上珍品。贈禮餽友，如若奉上該物一籃，受者定然會感激得涕零泗流，熱陽衷動，於是額手稱慶，連稱慚愧。其快其樂，便似今天中了什麼大獎一樣。而對病人來說，一籃雞蛋，直如蟠桃仙丹，在生死邊緣流連者，見蛋病除，似乎不藥即癒。是此，贈蛋之人，也就立時成了再造恩公了。

我幼少時住在偏遠的貴州省。在那「地無三尺平，人無三分銀，天無三日晴」的西南一隅，蓴鱸海鮮的美食只能在夢中索求。秋風起兮，想吃螃蟹，沒有。然終不能僅靠畫餅充飢，於是有人琢磨思索實驗出一道新菜，可以權代螃蟹，令饕者食指大動。該菜名之為「假蟹黃」，是用雞蛋加上薑醋炒而得之。其色、其香、其味一似真蟹黃，是家父當年喜食之菜式。由於雞蛋在當時是名貴食品，故雖云「假」，仍非日常大啖的菜。當年在貴州，雖未見過真正的大螃蟹，卻嘗試過美味的假蟹黃，對於小小雞蛋竟然可以變成精緻的盤中盛品，以假亂真，端的心順口服。蛋之一物，蒸、煮、滷、煎、炒，我都嗜之不疲。二十世紀的五十年代，在臺灣，雞蛋的身價雖不若鑽石珍珠，但每飯一蛋，究非升斗小民可得。那時我讀大學，宿舍伙食有「加菜」一說，所謂加菜，是言除了正餐的大鍋菜外，花一點小錢，享受小灶私菜之謂也。菜式多有，而煎荷包蛋為類中最暢銷者。得煎嫩雞蛋一枚置於碗中，而行走於眾餐桌間，無數豔羨貪婪的眼睛向你投望，你不感食慾大增，未之有也。當年臺北西門町一帶的電影院前，充斥著小吃攤販，對我而言，茶葉蛋是其中最令人沒齒難忘的。入場前買上它兩枚、三枚，俟電影放映當劇情發展至高潮時，輕輕剝而食之，其足意爽心實不作他想。倘若電影不佳，劇情不動人，可能事後一無記憶，但茶葉蛋的回香，也就值得票價了。

而當今，在醫學及營養學的雙重實證及評估下，雞蛋已經失寵，早被貼上「不良分子」的標式，彷彿文革期間被鬥爭得死去活來的黑五類壞分子，成了「渾蛋」、「狗蛋」、「王八蛋」了。有人談蛋色變，已經到了凡與雞蛋有關的食物一概拒吃的地步。我有一位朋友只吃蛋白，蛋黃則棄之，結果惹火了他的夫人，自此不做「炒雞蛋」這道菜了。我的朋友竟連蛋白也吃不到了。

這難道不是我們身處「爆炸的時代」的怪現象麼?

時下這「談蛋色變」的通病，也許可被稱之為「過分相信科學論」的後遺症。我雖不是搞科學的，但極相信且崇敬科學。科學讓我們的生活多采多姿，真實、享受、過癮、喜不自勝。譬如：電話、電視、無線電、汽車、飛機、眼鏡、維他命、醫藥……，沒有人膽敢不服膺。但是，我所欽敬的科學，是能正面給予我們適度的滿足的，而不是逼促我們改變或拋棄已有的福與樂的。雞蛋不宜多食，可以，而絕非一概弗食。信仰科學也不必走火入魔，就像當年盲目看待毛氏的小紅書一樣。不是嗎？這就是我的生活哲學了。生活中的快樂與幸福，都有待個人的發掘、追取及參與，不是靜坐一隅等信息告之與你。炒雞蛋加薑加醋而有蟹黃美味，你如果不去想像，不去試驗，不吃之樂之，怎可得到？按照我的主觀看法，即使吃了假蟹黃不幸患了癌症，也比明知假蟹黃是美味而拒食，犧牲了口福而不幸還是患染癌症為智。為什麼？這是高人的生活哲學。要是凡事都杞人憂天，那我們所為何來？我現在閉上眼想起了我那位不吃蛋黃的朋友，覺得其模樣委實令人噴飯。若不是數十年中學大學的同窗之誼，我老早就跟他絕交，不認這個朋友了。

在「爆炸的時代」的另一現象，便是「訊息」的傳走。電腦，這個科學的寵兒，確乎具有超凡的魅力，「引無數英雄竟折腰」，普天之下，已不知有多少豪傑被它消遣折騰得難以描述了。

凡是服膺電腦的人，不分男女老幼，不計燕瘦環肥，不論種族膚色，大概最讓他們躊躇志滿及樂不可支的事，便是所謂「上網」。暴露自己，探人隱私，無所不用其極。「上網」也者，一個個體利用電腦這小子，建立與另一個體間的關係，互相吐吸訊息也。英文說是using the web，要說方便，我無異議；要說快速，無需爭辯。比方說，購物，你只消舒舒適適，靜坐家中，面對電腦，一網撒開，一應之物便都呈現眼前，在比價琢磨之後，就網上成交了。因此，你不必擔心逛街時擠公車、磨鞋底、怕遭搶的煩惱。也不必憂心天公不作美，忽然下雨下雪，風砂走石。當然，也無需恐怕走路走得口乾舌燥，腰痠背痛，更無需因自己的衣著不入時流而赧顏，或阮囊羞澀而氣沮，這一大堆的「不必」，都在電腦網上消失得無蹤影了。

一網撒開，大魚小魚蝦蟹烏龜王八，紛然呈現。而你端坐電視機前，高蹺二郎腿，口啖冰淇淋，耳聽仙樂，手舞足蹈，既省事又省心，何樂不為？

但是，我總以為，購物之快之樂，端在自己的參與。姑無論首飾、衣履、桌椅、汽車、糕點糖果之屬，任你徜徉物色，不但一覽無遺，於購物時所見周遭的各式人等，都是購物的附加，這就不是在電腦上撒網可得的了。網上之物，摸不著，抓不住，似真實假，而最後易假為真，我覺得有被玩弄的氣苦。絕不像上街「瞎拼」(shopping)，也許一無所獲，但在咖啡店前落座，晚風徐徐，一杯咖啡或果汁在手，細啜緩飲，看盡世間紅男綠女的尊容德行，千衫不同，那便端非撒網可得了。

我不玩電腦，故沒有機緣在電腦上撒網。別人在電腦上撒網捕不到我這條離水之魚，那麼，我就自認是一條不折不扣名副其實的漏網之魚吧！

《中國時報》，2001.4.19

退休先修班

一轉眼，要退休了。

從前，當大人及父執輩年屆榮休時，每感「退休」二字刺耳螫目，纏裹著七老八十，彷彿上古史一般杳邈。但是，緊接著上一代人相繼於不知不覺中物故謝世，驚悚未定，已然自己竟也晉身耄耋之堂了。苦短人生，數十寒暑彈指即過，確垂垂老矣。不但如此，真該急流勇退了。

五年前，我所執教的學校，為了送老迎菁，帶動教育日新月異澎湃如長江大河，以加發三年薪金為餌，激勸近屆花甲「老」字號邊緣的耆英碩儒，提早退休。我當時威武不屈，雖初有江海廉頗老矣之感，但覺精力旺盛，牙口消化系統佳好，對校方以利誘之的作為頗不以為然。中流砥柱，巋然不動。而今確乎足歲老人，雖云校方規定不得強行退休，但對自己於現代科技傲人欺人的電腦一物竟全然不知所措的尷尬，終覺應該自動自發，知難而退了。

退休之念既生，與妻相商，不期得伊恩准。於是鼓勇辦理一切有關退職手續：先向系方陳報，繼之去政府社會福利保險制度單位申報老人退休金（前後共達三次之多），終與承辦教師退休保險人員約談，以求如何支領退休金等等。完全出乎意料，手續瑣碎煩人，計共耗費時間長達四月。其間，也有快事一二：系老闆寵邀於退後重返系中擔任「書法」一課教席，並加惠可留用原研究室。條件優渥，莊某福澤何其圓厚，遂領旨謝恩，願盡棉薄。

「退休」一詞，英文為 retirement。動詞 retire 詞中之 tire，古英語義為「打扮」「裝飾」，另解為「疲累」「厭倦」。今人多取後者。而 retire 中之 re，有多重涵義：一為「反覆」、「加強」（如 research）；一為否定；一為「隱退」、「祕密」（如 remote）；一為「離去」。是故，retire 一字，私意以為只言「退休」似猶未盡全意，實應譯為「打扮稱頭，裝飾佳爽，主動退隱」。美國前總統雷根先生，年過七十自第一高位公職退隱，在其老人癡呆症病發之前，衣履挺亮，髮式舒整，面色潤光，腰身修直，直應了 tire 一字古義打扮修飾之說，完全沒有 tired 一字予人疲累、陳腐、破舊之感。而這正是我所取用之「退休」一語真義。「隱」者，深藏不露也。並非真正讓你隱姓埋名，漁樵江上山中，這才是「退隱」之實質。當年蜀相諸葛先生隱於草廬，劉玄德三顧始出，蜀漢因其才具中興，留芳百世，名垂萬古。「退」者，不是退縮，亦非退避，而係「退出」，意謂「暫息」，給自己留退路也。人到了退休之時，名與利皆身外之物，富貴於己有若浮雲。不使氣，不莽動，這是一生之中最高境界，「天生我才必有用」，以此自勵，靜候「再出發」。白香山〈長恨歌〉有句云：「上窮碧落下黃泉，兩處茫茫皆不見」，名利榮華，早如過眼煙雲，心似明鏡，不惹塵埃。「仰天大笑出門去，我輩豈是蓬蒿人」，以靜心冷眼觀望世相人生，這才是退休之後的人該為的事。「休」者，英文為 stop, cease, rest, recuperate，中文謂「休養生息」(rest and build up strength)，正是此義。「休」還有「休整」之意，英文言之為 rest and reorganization，中外皆一。如此看來，所謂「退休」，並非但言在家無所事事，面顯疲累無可奈何容姿，天天數饅頭，日日眼發直。

我在篇首言「退休先修班」，究作何解？「先修班」者，既退尚未正式榮休之前，自身應有之心理調適也。退休前後，生活步調顯有大易。以前不論職位高下，大凡自己採取「動」的方式，吐養生息。而退下之後，由動入靜，彷彿攝取居多，逸揚轉成守訥。

因是之故，心理調適工作，絕不可免。已退之人排列向你微笑招手，「先修班」就是避免給自己十足藉口，一步踏上「退休」之壇，而動作生硬，心裡歉然，全無準備，那便糟了。我所謂的調適方式，先要取得高遠意境。李白詩云：「眾鳥高飛盡，孤雲獨去閒」，正是。散步而時作仰視白雲齊之姿，最足以滌胸擴臆。柳宗元有〈漁翁〉七言古詩一首，詩曰：「漁翁夜傍西巖宿，曉汲清湘燃楚竹。煙銷日出不見人，欸乃一聲山水綠。迴看天際下中流，巖上無心雲相逐。」中流迴首觀雲之樂，清涼達怡，心中了無罣礙，「先修班」的第一門課你已然過關了。

先修班的第二門課，便是培養正氣。辛稼軒有詞云：「不向長安路上行，卻教山寺厭逢迎。味無味處行吾樂，材不材間過此生。寧作我，豈其卿。人間走遍卻歸耕。一松一竹真朋友，山鳥山花好弟兄。」這就是正氣飄逸的寫照了。於是乎你就不會有「棄我去者昨日之日不可留，亂我心者今日之日多煩憂」的感嘆了。

第三門課便是讓自己變成一個「新鮮人」(freshman)，坦坦蕩蕩，從從容容，舒舒爽爽。前北京語言學院院長呂必松教授，曾以「我在氣中，氣在我中。天人合一，氣為我用」見贈，正是此意。友人中以我將退休，乃以參加高爾夫球俱樂部招募，我笑稱：「揮桿不敢，但願先做揹球袋之小夫耳。」客大笑。

第四門課，便是儘量使自己返老還童。千萬不可憤世嫉俗，對幼輩務必勉笑。如此如此，於是乎坦途寬廣，任你疾徐行之，兩側光景旖旎，你定然可以「揮手自茲去，蕭蕭斑馬鳴」了。

《聯合報》，1998.10.24

美國《世界日報》，1998.11.12

跌破眼鏡的側目

一國一地之語言，有其衍生發展的特性。不管你是否能夠接受，甚至消化；也不論閣下愛憎與否，反正它就是這樣了，誰又能奈其何？比方說，我當年讀大學時期，學生慣用表示「結實」、「扎實實在」之義的語彙是「結棍」，「實」與「在」字都不用了。譬如山東饅頭，全不似現今加了糖質奶味的發麵饅頭，不過手指頭尖大小的一小塊麵糰，居然發福若一捧棉花糖般，白嫩潤軟。這樣瓷瓷實實的一塊傢伙，看了都覺得實惠，未經入口已感飽滿了。如用我們當時學生的行話，就是「結棍」。棍者，言其堅固有威也。如言某教授真乃碩士鴻儒，不是學界三頭六臂口若懸河能言善道人物，真才實學，嘉惠學子，遂以「結棍」狀其鏗鏘擲地有聲讜論。結而棍之，誰言不類。

近十年來，臺灣有始料未及之新形容辭出現，曰「跌破眼鏡」。蓋言始料未及而竟然如此這般。初時不曉此語竟與眼鏡何干，於是詢之於臺灣友人，咸云「姑妄用之，不必細究」。雖言「姑妄」也已，但總覺不夠「結棍」，於是百般苦思，為求甚解計，乃得一解，自覺也頗成理。或曰，此寧非杜撰強作解說乎？夫自忖「跌破眼鏡」一語，必言事態結果之出現發生，何其詭異，而俗云人於訝詫之際，瞠目難以置信，猶言錯愕之甚，眼球凸出之甚，以致原架於鼻樑上之眼鏡，竟被波及墜地，鏡片不幸跌碎矣。此處之誇張形容，實收電影大銀幕之全景全貌 (panorama) 新藝綜合鏡頭之效，言其「歎為觀止」，庶幾不差矣。這比起「不可置信」那樣似是而非的形容詞之令人動容，不知高出多少。汰舊迎新，此之謂歟？

方近英文用語 cool 一字，臺灣新譯為「酷」，一字神來之筆，音義兼之，更是可圈可點。似此等新鮮玩意，我都喜愛。這樣的脫胎換骨而有進境，不俗，不滯，大善事也。然則，時下卻有人搞新句法，像某名藝人歌詞中竟然出現了「穿過你的黑髮的我的手」這樣的句子，便讓人噎鯁不已了。創新，髣髴身體有疾需動外科手術，這絕非中醫的慢勁道可媲。不過，手術之後，勢必縫合傷口，這也就是功力之所在了。雖云縫合，並不是說完好如初，但刀疤軌痕似越輕越好。「穿過你的黑髮的我的手」，一連用了三個「的」字，好像縫合之處皮開肉綻，又似瘤疤肉球歷歷在目，不爽然之外，令人不寒而慄。這便可謂弄巧成拙了。由此看來，尚新、創新，都無可厚非，只不過點子勢須出到乾淨俐落，外科大夫的刀法也得精細方可。幼時見人犯綁赴刑場「咔嚓」，那一臉橫肉的劊子手，刀法倒是屬於不可輕蔑的一類，手執鋼亮大刀，取那項上人頭，絕不哆哆嗦嗦，就像寫字時寫「之」（走之）一樣，輕快一抹，那首級便斜掛肩上了。論斬尚且講究技法，況取新析解文法乎？

於是我就想到了與前面道及的「跌破眼鏡」有關眼睛的複合詞「側目」來了。出新點子，耍新花招，如果沒有必勝把握，最好不要輕舉妄動。否則，就會令人為之側目。

「側目」一辭，喻意殊多。總而言之，就是不正視，眼角一挑斜溜過去，今人有謂「用衛生眼珠」相看是也。

「側目」的第一類型，是表示驚訝輕蔑不屑厭惡。比方你正坐在店中享受一碗打滷麵外加一客鍋貼，忽有一瘦骨嶙峋尖嘴猴腮的小太保青年進店就坐在你鄰桌。他叫了一碗紅燒牛肉麵、花卷饅頭各兩個，再加上一碟滷豬頭肉及蛋一枚。跑堂伙計於是涎臉向客人善意進言：「先生，我們的麵碗大，您已經叫了豬頭肉和滷蛋，那花卷饅頭是不是就……」不意對方噴出一口濃煙，咧著嘴敲擊桌面說：「怎麼？你怕老子吃垮了你們的店不成？吃不了，我大爺就扔了。少嚕嗦。老子有錢，愛吃甚麼就吃甚麼。」我在近旁耳聞目睹，恐怕除了「側目」以外，又當如何！

第二類型的側目，是表示既妒又羨，然不敢直言正視，語帶酸味的一種。例如某大學課堂上有遊方挾洋之博士教授正口沫橫飛，侃侃高論。此時靜坐講堂後座一角之學生甲低頭側目對學生乙曰：「假仙！什麼狗屁博士！要吹法螺就吹得大聲一點，要批評時政又縮首畏尾，吞吞吐吐，搞什麼嘛！什麼『煙思必來神』(inspiration)？『淹死必來審』啦！那麼一點口水，淹死不了我。我要是洋博士，必要水漫金山寺。」學生乙但笑不語。

第三種類型的側目，屬於豔羨又自慚，抿嘴吞口水者。此種作為表態，猴子最常顯露。眼中流露出無限隱衷，只是抓耳撓腮，口中嗚嗚有聲。譬如說張三先生新貴發跡，某日風和雲淡，張先生穿著新裁量訂做的整套英國呢料西服，架著深黑墨鏡，叼銜一根雪茄，坐在新購的凱迪拉克轎車後座，揚塵噴氣自李四眼前馳過。李四見了，吞了一口口水，側目而視，隨之鼻腔嗤出「哼」的一聲，自言自語發出「大丈夫當如是也」的心聲：「我要是他，坐什麼凱迪拉克，開賓士五百號啦！要不然就坐有兩輛賓士長的禮車，喝香檳酒，吃魚子醬。戴金絲邊眼鏡啦！戴什麼墨鏡？又不是保鑣侍從！」

姑不論是哪一種類型，對於「穿過你的黑髮的我的手」那樣的新句型來說，我還是會「側目」的。

《中央日報》，2000.6.17

林海音在臺北

有一句俗話說：「丈母娘看女婿，越看越有趣。」我現在把它反過來，就一個女婿的身份和立場，變成「女婿看丈母娘，越看越不慌」。

就中國人來說，兒子對親娘的態度，基本上是認為「親子關係」乃理所當然。所謂「當然」，是說既是懷胎生我、哺我、育我、護我，這都是天經地義、合情合理，而無需多說。特別是加上中國人「重男」的觀念和傾向，兒子對母親多半只存有不必述說的血緣情感。所謂「報恩」，勿寧認係儒家立說，一般人（男子）對母親是不一定有那份特殊情感的。至少，兒子對母親，不像西方人慣常在人前左一聲右一句口口對親娘道說「媽媽，我愛你」那樣的話語，而表示親昵的髮膚之情的擁抱，則更付闕如了。在不知不覺間，兒子或多或少承繼了父親的「一家之主」的小「大人」氛圍氣勢。也許時下的國情與我當年稍有不同，然則，以我自己來說，自小就似乎沒有對母親的畏懼感。某些家庭中，男孩子大體上都是「小癩皮」，母親打折了手似也無法改變他們。不僅如此，有時打完了，小癩皮還會對母親扮鬼臉。所以，總的來說，我幼少時對一個有子有女的母親的印象是：她對兒子與女兒的管教方式迥然不同。對前者的約束遠不及對後者的嚴苛。於是，兒子在家中的「小大人」感便油然而生了。對親娘尚且如此，兒子及長成婚，對「岳母」更何懼之有？我在前面說「女婿看丈母娘，越看越不慌」，乃是有這樣的因由的。

我是在海外成婚的。之前，對我的岳母林海音先生，只知其名而不知其人。我與她的初識，是在婚後的次年。那時，剛置了產，有了自己的房舍。岳母大人來美探視我們一家三口，慶幸自己稍有寬敞的家供她老人家短期棲息。與岳母大人初見，用她描述自己與沉櫻女士初見時的用語，是「雖是初見，卻不陌生」那八個字。我記得很清楚，在很大方的向她呼喚了一聲「媽」後，她反而稍顯靦腆了。她只用一口清脆明亮的標準京腔作答說：「呃！呃！好！好！」我生於北京，是名副其實的北京人。雖說四歲未足便因中日戰爭離京而成長於南方，卻頗以自己操挾京味兒的口白為傲為榮。但是，畢竟我僅是一個十足的「假北京」，因為我對故鄉北京並無半點印象。所以，當我這「真北京」的「假北京」面對「假北京」（岳母大人原籍臺灣，生於日本，自幼隨父遷居北京）的「真北京」時，不禁有著自慚的況味和景敬了。我這「假北京」是自幼離鄉經戰亂而後去臺的，而「真北京」的岳母是於戰亂後重返故土臺灣的。這樣一出一進的關係，扣附在丈母娘與女婿的親情緣份上，可說是「北京」撮合了我們彼此。既這樣，我與岳母大人相見，何懼之有？

岳母大人身裁不高，但面型極美。她也注意服飾。我想，對於她那一代的女作家（甚且包括了當代的女作家）而言，我的岳母都稱得上是「大美人」的。她喜愛照相，這也可想而知。那次她來美探望我們，於抵達的次日，天色晴好，岳母大人興致很高，我遂提議去我校園拍照遊逛。我選了一株花樹為背景好為她攝影。她很快樂的站了過去。那時，國人靚女拍照，慣常把雙腳站成一個「丁」字形，更多人甚至喜不自勝地搔首弄姿。我對她說：「您不妨來站個丁字形，搔首弄姿一下也無妨。」岳母大人依說，合作地擺出姿勢，也站成丁字形，但柔細笑語道：「唷！哪兒有女婿這麼跟丈母娘說話的來著？」話雖如此，卻仍然和顏悅色。這也似乎可以看出林海音女士的親和、寬厚、大方、幽默更其豪朗的一面來。當然，莫消說，她與我的這一份丈母娘和女婿的情緣，便也在「沒大沒小」的自然氣氛中，增添了順好的契機了。

誰都未曾料想到，在往後的一九九五年，我回臺灣，大美人的丈母娘居然呈現老態了。我這樣說，似乎對她稍欠公允。質言之，斯時的岳母大人卻還保有動人的容顏和丰采，外人確實難以窺見她隱藏於善意後面的經其掩改下去的遲暮。比方說，她那煥靚精神的顏面已經加過特意的美容了。尤其是眼部，因為她突然喜愛配戴深色的墨鏡，不過這也彷彿益形增添了一份不同的魅力。如果不外出，居家（尤其是夜晚）時候，除掉假牙和卸了裝以後，她所展露的容顏便不脫絢燦後的衰老了。那年我回臺北，就住在岳家在國父紀念館一旁逸仙路的家宅。平時我都因應酬頻仍而早出晚歸。有一次，因為我趕回家拿取一件物什，遂提前於晚飯前返家。推門進屋，瞧見岳母大人正坐在進門處不遠的沙發上讀報。她已然卸了裝，假牙也脫下了，萬萬沒有想到正在她「還我自由」的時候，出其不意竟有不速之客闖入。於是她本能地匆匆站起，奔向一邊的長櫃臺拿取泡在玻璃杯中的假牙。忙中出了錯，她先拾起了上牙卻使力往下牙床上罩蓋，陰錯陽差，怎麼也戴不妥貼。我於是說：「媽，沒有外人，您也不必緊張，乾脆自自然然好了。我臨時回來拿取一樣東西，沒有事先電告，很對不起。」岳母大人聞說，遂未再做頑強的自衛。在我這半子的「外人」前，似乎無可奈何地承認自己的「失態」了。就在那一刻，我深切的意會到，有「女強人」之風的林海音，在外人前對於泄露了機密後努力作出維護個人形象失敗之餘，也有其哀怨淡傷的一面。

也同樣的是在臺北逸仙路她的府宅，那年的一個寂靜的夏午，我自信遠齋買了岳母愛吃的滷味去看望她，供其爽享。上得二樓，推門進去，她正戴了老花眼鏡，坐在靠前窗的長沙發椅上為我洗淨了的衣衫添補一枚鈕扣。那一頭烏黑的髮絲，略微泛著花白的亮光。她低著頭默默地工作著。忽然之間，我似乎看見了我的生母在抗戰時窘困的生活期燈下為她四個兒子縫補衣褲的情景來。半世紀了，岳母大人的容顏畢竟老去了。我告訴她剛購買了信遠齋新出爐的滷味來，她於是高興地立即停下了手中的活計，站了起來，笑吟吟地對我說：「好。我去拿兩隻小酒盅來，咱們喝上它一點。」我以十年前大病後遵醫囑不宜飲烈酒向她致歉。她笑著說：「沒問題。冰箱裡有啤酒，原本就是為你準備的。你爸是不喝酒的。」

我在一旁沒再說話，只盯瞅著她。我一下子又看見了二十多年前我在美國初見的岳母林海音，還是那麼自然、那麼祥藹、那麼親切、那麼豪爽、那麼英伶。我彷彿看見了自北京城南走來的少女林海音。

中國《萬象》雜誌三卷三期，2001.3

一月帝王

在人類歷史的進程上，目前已經堂堂跨入了二十一世紀了。甚且，在中國，最後的一個君主王朝，也業於將近九十年前被推翻掉了。人民早都強意識地接受了民本一說。西洋的民主共和思想，早就如蟻附羶鑽進了人民的腦髓。而於此同時，我卻竟然做起了當帝王的白日大夢，究作何解？豈非荒唐？

諺云，越是得不到的東西，越是令人夢寐以求。所以，我的這種不知好歹的帝王大夢，也似乎攀附上了俗人持有的理論根據。再說，我也畢竟沒有袁世凱先生那樣熏心的帝王思想或狂妄的癡想，以致於捨棄了已到手的大總統職位而氣急敗壞地要改元洪憲稱帝的真政治行為。僅止做做大夢（紙上談夢），聊數春秋，有何不可？何繆之有？說來確係實情，酒蟹居莊府女主人向素精練，經濟掛帥，操持內外。老夫結婚凡三十餘年，在「女強人」麾下做了半輩子「不管部部長」，忠心耿耿，從未有過「取而代之」的二心。

婦唱夫隨。於今女強夫人返臺歸寧，經月之期，居家慎獨，某日忽生沐猴而冠在自家堂宅登基稱帝，建立莊氏王朝的美夢來。思忖再三，決然一試。時乎時乎，此其時也！

帝子登位，是件大事。但，詔告天下似不必了。戲劇人生，並非正史，胡亂點綴一下已足。既是稱帝，來點音樂和旗幡飛飛的場面還是需要的。尤其棲遲域外既久，身為漢室遺民，天朝威儀終不可省廢。在視聽與時俱進的今天，鼓號、笙簫、鑼鈸、弦管的大樂隊可以免了。於是，翻箱倒篋，尋出一張拜科學神賜望之如一張春餅大小的唱片來，打開電鈕，西洋音樂取代了傳統音樂。尋出的唱片乃樂聖貝多芬氏的〈皇帝鋼琴協奏曲〉（第五號鋼琴協奏曲），安放唱機之上。我又刻意將客廳打掃了一下，在沙發上鋪了一張紅黑二色的羊毛毯子，於是旋動開關，樂聲大作，老夫乃落座登基。

樂之初放，鏗鏘撼人。多年來胸臆未遂之志向，竟如萬馬奔騰，錢塘潮湧，大氣磅礡。頃刻之間，不禁雙目噙淚，心跳加頻。第二樂章畢，深感華美凌志之氳蘊含了無窮慍怨，縹緲隨風直上青天。一似聖駕龍顏弗悅，於是隨手抓拾玉杯一隻擲地，繼之砸碎如意寶壺珍玩，甩頭拂袖快步離去凌霄殿閣。那種威盛氣概，唐宗宋祖康乾大帝不過如此。半盞茶間，我所感受到的天子龍威，直教人心神搖蕩。唏噓之餘，第三樂章開始了。

那引人遐思柔婉細膩溫馨韻致，如夢如噫的輕抑碎語，一似「夜半無人私語時」的聲聲陣陣繚心繞耳。於是乎，聖主衷懷不能平靜了。鳳思凰的情愫翻起，按捺不住，要反彈而出了。舉目室中，空寂無人，連丫鬟、宮女、太監的鬼影子都窺不見。不好了，「也無風雨也無晴」的虛矯自莊假道貌業已退下，方寸之地如今但漫佈著「聖主朝朝暮暮情」了。金殿半句鐘，如夢初醒，黃袍玉蟒於我何有哉！還我舊時衣，著我舊時裳，撤掉御宴珍饈，只望來他簡簡單單一桌清粥小菜，油炸花生米一碟，小蔥拌豆腐，蘿蔔乾，鹹鴨蛋，滷雞翅，小魚乾大蒜炒辣椒，醬肉燒餅……數樣，唏哩呼嚕，大啖一快。之後，咂嘴飽嗝，但做我一介凡夫俗子升斗百姓的好。

昔漢張敞為京兆尹，因曾與光祿勛楊惲善，而惲因坐大逆遭誅，於是公卿齊奏上謂惲之黨友不宜留任。張敞聞之飯不思寢不安，僅僅做了五天的首都市長。我今人在西域，不識且未結國內權要，亦不思宦家生涯。身在異邦，每日伴ABC音聲維生，是故絕無「五日京兆」之險暫。酒蟹居中日月長，從從容容做他一月帝王大夢，並不以假當真，「天涯靜處無爭戰，兵氣銷為日月光」，退休以後，養花植草，讀寫隨心，飯來口張，衣食無慮。有子已大學卒業故無經濟負擔，生活有退休金及社會福利保險金應付，無憂無慮，瞻前顧後，自覺乃是大福之人。布衣而興帝王之夢，無寵不驚，稍暇但做白日大夢，貴為帝王而弗有棄市之險，善矣哉！

看錶，日已西斜。酒蟹居皇后娘娘今夕自臺還巢在即，理當稍事準備，馳車逕赴機場迎駕，帝王大夢實可醒矣。

中國《萬象》雜誌三卷五期，2001.5

自助餐、雞尾酒會

幾個中國人（尤其指男士）聚在一起的時候，談說著談說著，往往話題一下子就拉扯到吃上去了。每於此時，我就會想起蘇東坡的那闋〈赤壁懷古〉的詞來：「大江東去，浪淘盡千古風流人物。故壘西邊……」，國人對於吃的興致，似乎自古皆然，端的是「浪淘盡千古風流人物」。假如將「故壘」西邊的赤壁，易為蓴羹鱸膾，或雞鴨魚肉，不亦宜乎！至於談說得意氣風發，吐沫橫飛，那就頗有「亂石崩雲，驚濤裂岸，捲起千堆雪」的態勢了。「如畫」江山，變成為佳餚美食，而「一時多少豪傑」忽然被鶴立鼠匐，粗腰尖嘴，突目張耳的一批饕公粉墨代之，談笑之間，雞飛鴨弋，牛犇豬走，魚游蚌隱，煞是熱鬧。

其實，食之一事，大約不分中外古今，若視其為人的本性之一，應該不算言過其實。孔子不是就說「食色性也」的話嗎？不過，如果談說吃的本領，我炎黃子孫的確是雄峙寰宇的。俗云，四條腿的東西只有桌子椅子中國人不吃，飛的東西除了飛機之外，皆得入口，況說人的心肝都可吞食，世上之不可吃者，似乎寥寥可數了。

洋人於吃之一道，是「吃獨食」。他們不採中國人親疏長幼，圍桌共享的方式。「吃獨食」在中國，是有著「自私」的道德貶意的。那是私心重、自視高，缺少「和」的貴裕行為。我們即使不自道德方面著眼，而純自意境觀之，「吃獨食」似也稍嫌孤寒自艾，不甚可取，似乎少了一些吃的樂趣。英文說help yourself，中文譯為「自理」，一個「自」字，難脫「私」意，那便不好。孟子譏罵墨子，彷彿儒家的「私」的哲理，只停滯在形而上的層面，而形下體用，便又另當別論了。於是，說來說去，「吃自己」或「自己吃」都不足取。

洋人有Dutch treat一說，我們說成「聚餐」。那是一種大家糾眾聚餐，不分賓主的方式，意在取其熱鬧民主。餐費均攤，除了身有胃疾或食量較弱的人稍感「吃虧」外，倒是一項很開明的舉措。可惜，儘管西化已久，這種「吃獨食」的方式，至今仍不普遍，有人甚至認為「太那個了一點，連個東也沒有」。這種方式，在海外的華埠都不甚盛行，遑論中土。我猜想，其原因若非中國人撇不下「炎黃子孫」這塊金字招牌，不願不甘流為「荷蘭人」後裔，即係覺得「有失尊顏」。於是，在中國一個 Dutch treat 的場合，往往發生這樣的事情來：席終，突然冒出一位奪主喧賓來。力排眾人，堅稱請大家賞臉由他作東。一手搶抓去買單，齜牙咧嘴，噴灑著口中餘穢及唾沫星子，豪語曰：「諸位請給小弟一個機會。薄酒粗菜，不成敬意得很。謝了謝了。」大家在突如其來，毫無戒備的巨變中面面相覷，不知所措。最後，也只好以萬分無奈的尷尬，表示「恭敬不如從命」了。我的洋朋友不解，常常搖頭問我：「你們中國人太奇怪了，搞不懂。做主人的機會多的是，為什麼說好了沒有主人而偏偏跑出一位主人來？」

洋人還有一項稱之為 buffet 的餐食辦法。我們譯之為「自助餐」，美國華埠名之為「布斐」。這是一種以長桌擺放各式吃食及飲料的選樣自取的進食方式。一般而言，食物少有大魚大肉，朵頤稱快的朋友可能會稍感美中不足。吃自助餐的好處，其最要者，我認為即是「愜怡自便，無拘無束」。不似中國人的餐飲，有幸坐在主人左近，好客主人不由分說大力向你佈菜，瞬間自己的盤碗中已堆積如山，清理困難了。吃原是一種享受，如果這一點基本人權也遭剝奪，就僅餘下無盡氣苦慨嘆了。中式飲宴還有一點讓我覺得坐立不安的。就是，坐在何處，彷彿不能完全由個人自選。如果不幸被安排在一位初次謀面的「朋友」身旁，而該友語言乏味，長相不雅，吃相激越。那麼，在終席之前，你若是未先服用「強胃散」一類藥劑，便只好「自求多福」了。但吃「自助餐」便沒有這般苦楚。你可以自覓坐位，對於礙難攀交的「朋友」，儘可視而不見。而且，愛吃什麼，不愛什麼，完全自決，沒有靦覥，自尊得到足意的提升。不但決定權操之在我了，還有一項大大的便宜好處，就是去尋找你樂意攀談的朋友，在期待中獲取大滿意稱心，那就非雞尾酒會莫屬了。

雞尾酒會不是供人消萬古愁的地方，也非豪飲牛飲的處所。手中握了美酒的杯子，徐徐遊走於眾人之間，看盡衣衫釵影，燕瘦環肥，最後找到你的談說對象，最是爽愜不過。這便不似中式餐飲，席中有人長話滔滔，說短了舌頭，那樣的失態你可以免了；也沒有忍受語言無味的人的聒噪而無處躲避的苦惱。酒氣聲囂遠離了你，即使你要尋找的對象，最後在「眾裡尋他千百度」仍在燈火闌珊之處也望不見，逕可以放下杯子，「揮揮衣袖，不帶走一片雲彩」，大大方方自自然然不告而別，無災無難，全身以退。

自助餐及雞尾酒會都是西土文化，也是個人主義社會令人享受無限人權及個人自由的產物。我不崇洋，也並不覺得洋文化和個人主義的社會中什麼都好。但是，這兩種飲食方式，能讓人得到足意快感，是真正的好。

《中國時報》，2002.11.19

對症下藥

最近中國大陸的「大紀元新聞網」上的文章說：「中國留學生素質受質疑，海外表現難以恭維」。閱後很有同感，也更有「恨鐵不成鋼」的慨嘆。

我說「恨鐵不成鋼」，是因為網上的文章稱「中國留學生學習成績普遍優異，這是國外大學所公認的」。我在美國大學執教三十餘年，教過的中國學生無數，慢慢的，學生背景由臺灣變成了中國大陸。平心而論，二十年前甚至十餘年前，臺灣來的留學生雖不及我自己留學時的精銳，但至少他們在言行及學習上都很中肯。在那一段歲時中，由於臺灣的經濟環境有了空前的大進，一般年輕的留學生都或多或少有若干為物質困惑的情形。總的來說，不似六十甚至七十年代由臺來美求學的學生那麼「固窮」，拚搏以精神主戰了。他們研習的範圍以及主題，鮮少及於人文甚至社會科學方面。而於此時期自中國大陸來美留學的學生，他們在高級知識各層面都有人研習，而且語文好，頭腦縝密，學習力度高昂，意志力強。於是，逐漸地就把來自臺灣的留學生比下去了。這不僅是我個人的觀感，與我在同校（史丹福大學）的其他院系中國籍教授都有同感。共產黨加上文革毀了中國的文化深層，正慶幸有這麼優秀的中國留學生前來研習，期其學成回國以報家國。

但是，問題也就出在這裡了。這些經過文革滌存的青年，多半具有一種反叛性，以及很難令人苟同的「真正的中國人」的優越感。可能是由於歷經大劫難，變得如此，但近十年來的中國留學生，可能由於多是「獨生子」的緣故，再加上中國大陸教育出的完全向錢看的尺標所造就的思維模式，他們只重自己，完全缺乏中國傳統教育「德育」的認識。我所看到的「大紀元新聞網」九月十八日的文章就說：「德國沃爾姆斯學院已連續三月拒絕接受中國學生。該院院長詹姆斯金說：事實上，中國學生的學習成績名列前茅。可是，他們騎自行車亂撞，不分時間的吵鬧做法我們不喜歡。開始幾個月我們容忍，但時隔一年半，兩年，他們依然我行我素，於是附近的居民聯合向政府部門提出了抗議，說如果學生們不走，那他們就搬離。」

一位在中國留學生服務中心工作的人說，他自己曾在三個國家留學。中外院校交流期間，耳聞外國校方對中國留學生不滿的意見太多了，比如在人多場合大聲喧嘩，不顧及四周環境，隨地吐痰，拋扔雜物，不注意別人的感覺，在公共場合打手機電話聲調高昂，旁若無人，惹得四下人士投以鄙視目光……文章內所說的，我在自己任教的大學中都遇見過，並非造謠誇張。最近一位來自中國大陸在美留學學成執教的朋友，率其小女回國，某次帶女去公園（在北京）遊玩。女兒要去盪鞦韆，但是，公園中的兩個鞦韆上都有兩名六、七歲的男孩在玩。我的朋友的女兒足足等了半小時，還是輪不上。於是我的朋友走上前去，對鞦韆上一名男童說：「你玩了很久了，也可以讓別人玩玩了吧？」殊知該男童理直氣壯地怒目對我的朋友的女兒說：「我高興玩多久就玩多久，你等不及就走唄。大爺我現在還沒玩夠。」我的朋友的在美國成長的女兒聽了，無言走開。她對中國同齡小朋友的言行失望極了，她對中國的印象壞透了。

這種新一代的「小霸王」，來日成為國之棟樑時，我對中國的前景真是捏一把冷汗。中國人過去說教育是指「德育、智育、體育」，但現在的中國大陸「德育」已是闕如了。我前面提到的新近返京探親的朋友還說，他的母校——北京師範大學——原來的教研大樓，現在一層完全空出來租給商界人士，目的就是為錢。每天穿了西服，打了領帶，拎著皮包的商人滿院走，他看了就煩。他的一位當年大學同窗，目前在湖北省某處某大專院校任教，太窮，於是全系教員聯合合資開飯館以另闢財源……

總而言之，統而言之，不管中國經濟如何起飛，只要政治不易轍，教育不重德育，不對症下藥，二十一世紀站起來的中國，是有軟腳症的。

美國《星島日報》，2001.10.6

知「髮」犯法、禍從口入

中國大陸政府國務院於今年六月發出了一紙專門通告，著令全面禁採禁售髮菜。通知是根據「中華人民共和國野生植物保護條例」完成的。髮菜，這項中國人喜食的沙漠植物（取其諧音「發財」而享譽），突然之間，由原列為二級保護的品名提升為一級保護的特權了。今後，不僅政府有關司職部門要對一切從事「盜挖」、收購及行銷加工髮菜者嚴加取締，凡已取得營業執照而從事髮菜經營銷售的單位及個人，務必於六月十四日之前至工商行政管理機關變更原有經營範圍及經營手續，逾期不辦者，其原持有之經銷髮菜營業執照將被吊銷。無照營業就是違法了。

髮菜，原係在中國寧夏及內蒙草原生長的抗旱植物。以其似長鬚的根部聚沙而生，保住了內蒙西北一帶因強風吹襲而日漸流失沙土的草原表皮，原本是天助的水土保持大功臣。但是，不知為什麼，竟被幾乎無所不食的中國人視為珍饈，口慾稱快了。這種原本不是菜蔬的菜蔬，相傳是在明清之際，一位名喚王三元寶的商人首先食用的。就是取那「發財」之音，而該王姓商人果真大走財運，一般俗子於是爭相採食（因不需種植），紛紛效尤。於是乎，原本自身難保的沙漠小草植物，竟而身價百倍，成了精美的盤中餐了。

這項菜食，尤為對珍奇異味有偏好的廣東人引為誘惑，爭相食之。甚麼蠔豉髮菜老火湯煲、髮菜燴豬手（發財就手）、髮菜豬舌（發財大利）、髮菜扒菜膽、髮菜瑤柱……等等等等，凡以髮菜為主料的菜式多達數十種。廣州的一家粵菜老闆稱，該餐館每日消耗髮菜大約五百克。如果到了春節期間，為求發財利市，一家餐館可能要用掉三倍於此數的髮菜。照此推算，廣州市一萬來家餐館酒樓，一天平均消耗髮菜七噸半，這就相當於人民一夕之間吃掉了七十五萬畝的草原土地。近十年來，多達二百萬人次的非法盜挖髮菜者潛入內蒙一帶，使用鋼絲製造的耙子將髮菜一耙連根挖起。據統計，挖掘一百克髮菜的結果，十畝草原便被大破壞了。而這樣被破壞的草原最快也需十年的漫長時期來恢復。內蒙草原，就在這種國人「以食為先」的歪風下，因髮菜被挖掘而遭破壞者，面積高達二億二千萬畝。其中零點六億畝草原竟因而遭到徹底破壞，成為流沙荒漠了。

我們都知道，北京每年入秋以後，風沙之大，嗆鼻矇眼，人民多戴口罩、緊包頭髮，在街上彳亍前行。這樣的景象都在電視上可以見到，絕不是言過其實。何以如此？當然是自中國西北內蒙一帶吹襲的西北風造成。但是，正在中國當局想盡方策改良西北的此時，中國人這種惡嗜惡習、無所不食的大無畏吃髮菜精神，絕對加速了風沙的勁勢。中國國務院總理朱鎔基就曾說，若是這種情勢無有改進，則中國遲早要因為沙漠逐漸向北京接近的事實而被迫遷都了。

鴉片戰爭是中國近代史上的沉痛大患。但那是倚堅甲利兵的洋鬼子迫使中國虛弱的，如今中國人竟因貪嘴而自把國土吃進肚內，那就愧對祖先了。

中國人對「吃」的狂熱大愛，實在應該有所收斂了。建國圖存，富強壯大，這已是現代世人所思欲的。我們不能在歷史轉跨入新世紀的今日，再開歷史的倒車！

《中央日報》，2000.9.26

野趣

在文明中浸泡生活久了，有時難免會產生心手不能應呼的感嘆和苦況。比方說，飲饌，姑無論宴之於廳苑或門戶之家，依俗按理，於飲於食都宜加節制。清炒蝦仁吾所欲也，然則，當出匙舀取時，切不可貪多滿匙而退，但以半匙或三分之一匙為已足。尤有甚者，萬不可整匙倒置口中啖吞囫圇為快，勢應粒粒徐徐循序享之。文明既然約控了你的心、手與口，半匙雖未足意，也只能任它喉頭鬧癢，暗自吞津罷了。飲酒亦然，中國人取酒仰脖而盡，而後揚舉空杯空中示人的豪舉，西方的文明是認為不及格的。

上面所說的「文明飲食法」，最可稱為代表典型的，莫過於英國上流社會人士的飲宴場面了。以前常見英國電影中的饗宴鏡頭，紳男淑女腰板挺直，斂頸顎，正襟危坐。目光不得如彩蝶飛繞花叢草茵，談吐但留半音於喉際，頗似中國京劇某派擅唱的「雲遮月」腔風。兩粒豆子，小小一個蘑菇，都要細細切削，然後一手推刀，輕攏慢撚，把豆粒菇丁徐徐推上另一手持的叉子背上，再以藝湛雅逸之姿，將那丁點食物送入口中，抿嘴細嚼，優緩嚥下。之後，間或用餐巾輕輕沾點唇角，用示意滿饌佳。飲饌本係因欣享適意而存設，竟然變得如此令人痛苦，生硬顢頇，一似受刑入罪，這般文明尺度，用時下快人快語稱說，恐怕就是「裝蒜」得莫名其妙了。

裝蒜也否，由你解說。反正文明就是如此這般定規，顧不得一二子的個人意志了。在半世紀或更早的從前，中國舊社會上流人仕於飲宴後，客人拭嘴吸氣清牙，揉搓肚腹，打嗝放屁，挺胸伸頸，這樣「全套」的聲勢不凡的舉止，以顯示對主人有酒足飯飽的實誠之意，這是隆情厚誼的宣告，豈有「不雅」之說。但當今之日，君子倘作為如此，就屬「敗類」的下品了。

於是我有這麼一個說項，認為此類在文明的放大鏡（或顯微鏡）下尋察的動作，一律逕呼為「野趣」，豈不甚好？既「野」且「趣」，真是絕妙。所謂「野趣」，即是「不按牌理出牌」，這對於文明桎梏下的芸芸眾生，就有一種驚天地而泣鬼神的大快恩澤。

在政治上，我們常見有大人先生在臺上宣說演講，有時「一時不察」，竟然脫稿一吐心中塊壘，媒體報導或云「說溜了嘴」，但這樣的疏失或係故意，在照本宣科的行程中穿插了這般「神來之筆」，聽者說者可能都大呼過癮，其「過癮」者，乃因直言不諱，有新義出焉。所以，政治官場都可以這麼作為，況個人小人物小節乎！只要不犯眾怒，不觸犯善風良俗，些許「野趣」，都有匡解文明毒害的明心見性好處的。名散文家吳魯芹先生曾有〈「喝湯出聲」辯〉一文，就是大力支持喝湯偶然出聲的「野趣」。他說：「好湯不能不喝，而且不能不出聲地喝。夫堂堂法律，為官的尚可陽奉陰違，況喝湯乎？小民可以陰違之事本來就不多，在喝湯這件事上，還頗有活動的餘地，在『關起門來可以做皇帝』的府上，只要老伴不嫌，喝湯出聲，是不會有人來側目的，更用不著擔心什麼影響國家形象。」喝湯出聲，特別是不屬故意，正是展示「野趣」佳勝，其言極是。我憶起三、四十年前觀看日本國際大明星三船敏郎的電影，三船先生吃湯麵，唏哩呼嚕，那種豪爽粗獷，極為過癮。

最近接到西雅圖一位朋友的信，稱說出國旅行因「一時興起」，乃如離籠狡兔，脫鉤蒼鷹，多去了兩三個原程未列的景點，故歸家稍遲，誤了等待遊子歸後另有他約的人的期盼，為此深感內疚。「一時興起」，就是忽然心生「野趣」，此神來之筆，正是產生「不亦快哉」的美感的興嘆。旅遊既稱之為「遊」，只要遊人稱快，而並不妨害他人，怎麼會視之為「大逆不道」呢？這樣的「野趣」，大可不必「內疚」。《世說新語．任誕》篇六曾謂「劉伶常縱酒放達，或脫衣裸形在屋中，人見譏之。伶曰：『我以天地為棟宇，屋室為褌衣，諸君何為入我褌中？』」兩千多年前的南北朝時代的一介狂人，在禮教逼人的家宅中尚可寬衣解帶裸裎，也尚未構成風化罪名，而在時下「天體運動俱樂部」成員聚眾在光天化日下赤條條地擁抱大自然的今天，況偶然「喝湯出聲」乎？況旅遊時分臨時動議改變行程乎？

二十年前，名歌星鄧麗君女士有「路邊的野花不要採」流行曲一首，甜嗲媚婉唱來，也傳達了「戒之慎之」的金玉良言善意。採野花，只要髮妻不提出告訴乃論，只要當事人具有「雖千萬人，吾往矣」的堅意，連法律都不能奈其何，更莫消說遊旅時改變行程或喝湯時偶然出聲（姑不論有意或無意），為一己增添一些生活上的「野趣」佳情，應該不是什麼大逆弗道的了。

《中國時報》，2003.7.6

談文說藝

「文藝」一詞，顧名思義，即是「文學」與「藝術」之輔合簡稱。用稍微現代的語彙來說，就是「多彩多姿的一門文學性的藝術」。

所謂「文」，按《說文解字》的解釋是「錯畫也」。錯，就是交錯，也就是「雜沓書畫」的意思，既是「錯畫」，遂有「美善」之義存焉。故「文學」一語，乃有「文章博學」之深義。廣義乃指一切思想之表現，而以文字記述之形式。思想有如活水，紛源流瀉，此所以「錯」，所以「雜沓」。狹義的文學，指偏重想像及感情的以文字出之的藝術作品，俗有「純文學」一說，即係指此而言。

所謂「藝」，是說「才能」。學問技術皆可為「藝」。「藝術」也有廣狹二義。廣義即是「凡含技巧與思慮之活動及其製作」；狹義乃「含美的價值的一種活動」。如今把「文」與「藝」湊置一塊兒，也就毫無置疑的表現了「尚美」的特色。

要「美」，則必要「至善」。而文學之所以異於其他藝術，就是因為它是藉文字為工具而表達的一種藝術形式。所以，謹約的說，「美」，其實並不是文學的一個條件，而實係文學的本質。文學靠語言文字來傳達思想，表現情感，而又尚美，故「文字」之善用善擇，乃為創作此一藝術形式的人所必備條件。

白樂天〈長恨歌〉描寫唐明皇與楊貴妃的熾愛大戀，佳人隨明皇入蜀死於馬嵬坡，白樂天的文筆是這樣描摹明皇的見景睹物思情的：「蜀江水碧蜀山青，聖主朝朝暮暮情；行宮見月傷心色，夜雨聞鈴腸斷聲。」那份哀怨悱惻用情之細膩溫馨，完全被美的文字襯托出來了。這就是千古傳誦的「文學」。

文學的定義，中外古今述稱多矣。我覺得以時下的中國人來說，胡適之、傅斯年、梁實秋三位先生的解說，最為得體順暢。

胡適先生說：「語言、文字，都是人類表達情意的工具。達意達得好，表情表得妙，便是文學。文學有三個條件，第一要明白清楚，第二要有能力動人，第三要美。」

傅斯年先生說：「文學即是藝術的語言。把語言純粹當作了工具的，即出於文學的範圍。例如一切自然科學，未嘗不是語言的描述，然而全是工具，遂不是文學。」

梁實秋先生說：「文學是人性的描寫。」他對於「人性」這樣解釋：「一方面，人性乃所以異於禽獸……人本來是獸，所以常有獸性的行為。但人不僅是獸，還時常是人。人有理性，人有較高尚的情感，人有較嚴肅的道德觀念，這便是我所謂的人性。在另一方面，人性乃一向所共有的，無分古今，無分中外，長久的普遍的沒有變動。」

胡、傅、梁三位先生說的都淺顯易曉。重要的是他們都道及一個「美」的概念。缺欠了美，用文字為工具寫出的作品只能說是「東西」，而不能說是「文學」。

大約二十餘年以前，我讀到紐約出版的一份華文報紙副刊上的一篇文章，作者的名字已不復記。那篇作品，描寫住在紐約地下室的一位華僑，每天可以望到窗外人行道上往來如鯽的行人的腿腳與鞋。尤其是女士們的高跟鞋，踏在路面的「咯登」之聲，引起了住在地下室離井背鄉的流浪人的天涯旅客鄉思心憒。文章中我仍記得這樣兩句：「無數的腳，無數的鞋，每天自我窗外行過。咯登咯登地響著。每一聲咯登，都踩在我的心尖上。」客途秋恨，若用這樣的文字來表達，我也只能說是「另備一格」了。為什麼呢？因為太欠缺美感了，太不文學了。

時下從事新文藝的朋友們，還有一個通病，那就是過分的非常之尚「新」，以為新即是好，即是美。中文在受到西方文明的洗禮後，在文字上出現了可怕的西化症狀。譬如在臺灣，「再見」這個純中國的詞似乎已經棄用了，大家爭著說「拜拜」。在美國，英文的 twenty five cents，用中文竟說成了「二十五 cents」，為什麼連用「兩毛五」的說法都忘了？英文跟中文，數學上都是用的十進位表達方式，「兩毛五」怎麼就說不出來呢？不是說不出，而是這種中國說法在美國就不「新」！

我在華埠的華語電視上還看見聽見播報人員，在應該說「祝您今宵稱心如意」的時候，竟說成了「祝您有一個愉快的（星期五）晚上」。為什麼會如此呢？我想，大概就是硬把 Have a good evening. 的英文說成新中文，以示其新其美吧！媒體大眾傳播的影響太大太大了，這樣的不健康的新華語，竟被弄得無遠弗屆了。

唐代的大文豪白樂天的另一首長詩〈琵琶行〉，更是用生花妙筆，美不勝收的文字把那失意落魄的江州司馬（白樂天本人）在潯陽江頭夜聞琵琶的情與景寫活了：

「潯陽江頭夜送客，楓葉荻花秋瑟瑟；主人下馬客在船，舉酒欲飲無管弦。」一開始的四句，就把一個落魄失意的江州司馬小官在蕭蕭秋夜登船別去的情景完全經由文字像舞臺劇一般鋪陳在讀者眼前了。

而接下去他（白樂天）「忽聞水上琵琶聲」，於是把另一船上彈奏琵琶的歌女邀請過來請其高奏一曲的經過寫了下來：「大絃嘈嘈如急雨，小絃切切如私語。嘈嘈切切錯雜彈，大珠小珠落玉盤。間關鶯語花底滑，幽咽泉流水下灘」，這六句簡直就是彈奏琵琶的滌宕樂聲啊！多美！多文學！

美國《世界日報》〈世界周刊〉822期，1999.12.19–12.25

危都北京

最近讀了幾篇文章，都是圍繞著「北京」這個古城的「問題」談說。所謂「問題」，當然見仁見智。不過，就我所讀及的這幾篇文章，卻都拋開了政治，而僅從攸關民生茲事體大的「水」的問題採樣論說。由政歸民，述及現實。

就水資源而言，北京人的平均占有量為三〇〇立方米上下，僅及全中國人平均占有量的七分之一。如果跟世界人口比，則僅及平均占有量的百分之四。這在世界當今各國的首都中，已經排到了百名之後了。根據最新的統計，在去年（二〇〇〇年），北京缺水兩億立方米。這與缺水的枯水年相比較，雖說強於後者的年缺水達十一億立方米，但是，據此類推，到了二〇一〇年，北京正常年度的缺水量將達到九點九億立方米，將是去年缺水的五倍。目前提供北京市用水的水源密雲水庫的水量已經日趨低減，去年該水庫的蓄水量僅及常年的一半，現存水估計只足夠一年之用，這即是說，到了新世紀開年一年之後，倘若北京不幸遇上旱象，那北京將難逃「水荒」大災了。

對北京來說，其所受到的生態環境的壓力遠較我們可以想像到的嚴重多了。由於長期大量超採地下水的結果，已經形成了二〇〇〇多平方公里的地下漏斗區，而北京市最為嚴重的東部地區，在過去的四十年中，業已下沉了七百餘毫米。據專家指出，大面積的地面下沉，終究將影響到整個的都市建設，而導致地基不穩，牆壁崩裂的現象。最嚴重的則是道路的塌陷及交通中斷。

目前，中國政府當局正在慎重考慮籌畫所謂的「南水北調」方案。這將是疏解京畿一帶嚴重缺水的首要企畫。以贊同人最多的中線工程來說，投資高達一千多億人民幣，而且工程量大，工期也長。自工程實施以後，作為引水之源的漢江中下游流域將發生大量嚴重缺水現象。是此，長江三峽水庫的發電和用水也將連帶受損。南水北調的中線工程所流經的河南、山東、河北、山西諸省，原就是缺水的省份，這將引調流經家門的幾百億立方的水，勢將成為大家加意角逐爭取的對象。如此一來，南水北調，能有多少水能流向京津，則大成疑問了。

在我所閱讀到的標題為「北京累了，遷都嗎？」的文章中說，北京實在不堪重負了。

北京目前是世界十大污染城市之一。根據世界衛生組織公佈的資料顯示，在一九九九年的各國空氣污染程度排行榜中，北京高據第三名。中國國家環保總局在一九九八年對全國十八個大城市作出的空氣污染調查報告稱，北京市的情況是最糟的。拋開城市空氣污染問題，北京每年遭受「沙塵暴」襲擊的情況，也頗令人心悸。中國西北的荒漠化，是直接引發北京沙塵暴的原因。西北方距北京最近的沙丘群，僅止七十餘公里。即使風力不大，風沙直撲北京腳下仍是令人談之色變的。我日昨閱讀中文報紙，說南京一帶，今冬亦將有嚴重的沙塵暴了。是此，這樣的待解決的本質性大問題，較之法輪功問題，人權問題，威嚇臺海問題等等，其實都要重要得多。

除了「水」問題外，「人」的問題，也是北京市頭上的緊箍。所謂人口爆炸，對北京而言，早就令人怵目驚心了。過去的十六年中，北京每年增長的人口平均數是二十萬人（尚且不包括流動人口）。可以說，北京的人口增加正相當於每年在全國增加一個中等城市。何以北京會有如此巨大的快速人口增加率？從根本上看，北京市的政治、文化、及全國經濟管理的地位，似乎可被視為人口逐年巨增的最大吸引力。中國政府當局斥資巨款幫助北京市附近十四個衛星城增加人口以緩和北京市人口的增長的努力，也許連「事倍功半」的效果也沒有。北京人口的過度集中，其密度較之世界大都市諸如倫敦、巴黎、東京等都過無不及。而從另一角度來看，北京市現有未開發土地的總量不足全市總面積土地的百分之四。結果，僅以全市人口每日需索的蔬菜而言，就必須仰仗外省支援。

由於人口不斷快速增加，隨之產生的一項令人痛心的事，便是所謂的對於北京之所以成為「古都」的有代表性的建築的大破壞。在一九一一年，北京的面積相當於當今二環路內的總面積，人口已達七十六萬左右。而現在呢？城區人口已經擴展到了七百多萬，增加了近十倍。北京的中心地區的建築，已經被現代化的高樓大廈取代了。而最能代表古風文化特點的城牆、護城河、胡同、四合院等，正遭受大規模的毀滅。僅在最近的十年中，全北京市的原有近六千多條胡同，已經銳減到了只剩下不到三分之一。現在，從北京景山上向南看，一大片現代化的飯店彷彿雨後春筍般冒出地面，儘管其中不少個體建築的設計不無精到之處，但對於故宮及北京古城核心區的和諧莊穆景觀卻造成了大破壞。對於此種極不正常的現象，某些參與設計這些新建築的人說得好：「如果按照規劃進行設計，開發投資的商人不會滿意，因為他們當然希望在從提高建築的層數及容積上獲取高潤暴利。管他能否符合古風，破壞不破壞和諧景觀？」

長此以往下去，北京原有的豐富人文歷史資源，恐將蕩然無存了。

在中國，各大中心城市的發展過程中，從中央獲得各種支援的城市，北京是得天獨厚的。但，巨大的投入卻並未得到相應成效，反是危機四伏。其故安在？基本的解釋就是：北京，這座文化古都，既是全中國政治、文化、軍事及經濟管理的中心，它同時又身為北方最大的經濟中心——全國的交通、金融、信息、教育、甚至科研，都以北京為樞紐中心。一城而身兼數大中心，對於一個歷史高齡三千年的古老城市來說，確實是不堪負荷了。在北京成為中共建國後的首都的實情上，這種一而再再而三的幾乎無限制的都市擴充建設，城市原有的有限空間受到多種功能的橫加擠壓，原本不厚的脆弱資源及生態環境，一時無法承受。這樣昂貴的建都成本，使得國力及北京市自身似乎都難以支撐了。

於是乎，讓北京新生的呼聲響起了。自二十世紀九十年代的一九八六年起，提出北京面臨遷都的聲浪就此起彼伏。中國在十五世紀的明朝，便捨棄了有長江之利而可以發展向海洋開放的南京，而定都於北京。這種背離利用大海之便以發展經濟和擴大對外影響的政策方針，使中國處在爭取世界權勢的競賽中，可能已經輸了首局。業已過世的美國中國通史學家費正清 (John Fairbank) 氏，就曾語重心長地說過：「北京這一宏偉的都市，已經遠悖了它的經濟。對於維持此一中心中國所投入的人力物力，在明代滅亡至清帝國時代結束之前，一直長期地消耗著政府的財力和人民的財富。」這真是從經濟角度探視到的深邃的述說。因此，北京遷都一說，基本上都是以「經濟」為考量的，經濟投入而產出效益，此為有識之士的共識。據此，有四種構想為北京遷都提供了選擇：

一、維持北京成為首都的地位不變，而只在城市的結構及職能方面稍作調整。北京的首都地位是有長遠的歷史背景的。它是中國各民族的「心臟」，文化底蘊豐厚，城市建設基礎固好，人口素質優秀。加上集中了大量中央級的機構及人才，已經形成了最足以代表中國的大城。北京即是中國的代稱。那麼，北京在發展中所遭遇的瓶頸障礙，可以由政府統籌處理。比方說，對於人口的增長嚴加控制，有計畫有步驟的逐步建設衛星城市，增加基礎設施的投入建設，改變部分土地的使用功能，嚴格取締不法官商勾結牟利的改竄行為等。這是目前全國上下最看好的方案。

二、建設「副都」以分擔目前城市中心過於龐雜和部分功能，在城中心區和四周地區的分中心之間起著橋樑的交行作用。分中心便是所謂的副都。地點以現在北京近郊的順義縣、昌平縣為主要選擇。河北省的涿州及廊坊等地亦可考慮。

三、實行「雙都」或「陪都」制。所謂「陪都」，與前面提及的北京近郊城市的「副都」不同。是選擇位於全國其他省份的城市，比方說武漢、西安、成都、蘭州等。世界上如荷蘭、南非等國，都實行這種「雙都」制，以避免城市的過巨膨脹。有人提議把北京定位為「政治都」，上海則為「經濟都」。不論如何取定，雙都制的好處，對於中國來說，可以真正起著對實存的東西和南北之間的不平衡問題的紓解作用。

四、遷都。另擇一良佳城地建立新都。其首要考慮是，一在為北京減輕之所以為首都的壓力，當以北京作為名副其實代表中國文化的「文化之都」。這樣，可以把北京現為首都的若干功能分解出去，同時改變目前區域發展嚴重的失衡局面。在新世紀中，也可以樹立起中國在世界上的新形象。

姑不論中共中央最後取決於哪一方案，我們現在把新都建立的構想來簡要闡說。大體言之，中國未來遷都的走向，似應以南遷西進為上。這樣，在戰略態勢上可以做成均衡的開發。已經有人提出以西安、成都、蘭州、武漢等城市為優先考慮。但是，我們千萬不能忘記這些城市自有其發展上的侷限性。這些城市本身都已經迫切需要減壓了，如何能再承擔多功能的疊床架屋壓力?所以,如言遷都,似應以考慮「新建」為主。近二十年來,在中國,現代化的特區城市就建立了好幾個,其中最為搶眼而且廣為人知的就是廣東省的深圳。在這樣的既有政策基礎及經驗上,再加上中國日趨雄厚的經濟實力,建設一個新首都,似乎是易如反掌的。

因此,中國未來新都究應選址在哪裡,從大的地域來看,似以址在長江黃河之間,漢水流域為宜。通過對於不同區域的比較分析,有人認為,由襄樊、荊州、荊門及宜昌連綿的一片三角地帶當為上選。換言之,今之湖南湖北二省,也即是中國的中原腹臟了。這一大塊兩萬多平方公里的土地,地勢平廣,水源充沛,氣候溫和,工業基礎雄厚,資源豐富,運輸捷便,尤其重要的是,此一地帶界處中國南北與東西交匯的地理中心,乃是聯接華北、西北、西南、華東以及中南各區的戰略樞紐。四散開放,連通可以全然掌握,為一國之都,居中四控,真是再好沒有了。我於抗戰幼時居於湖南,曾唱習過一首「湘河謠」的歌曲,內中有一段歌詞說:「湘河寬,湘河長,滾滾的波浪雄又壯。古戰場,今國防,這裡是民族的屏障,中原的心臟。」三國之時,魏、蜀、吳皆欲得此稱霸。荊州原為漢治,當時的人口已多達十餘萬,地理上該城在長江東部的揚州上游,依長江而緊緊關係著吳國的安危，荊州一失而吳國不保。蜀漢當年有關羽守荊州，雖為吳國攻陷，但最後荊州因劉表率其子劉琮降曹操，乃成為魏國之地。我於前年走訪中國，乘車馳騁於荊州大平原上，但覺漠漠浩浩，豐饒安寧。而當我登上了湖北省的黃鶴樓時，舉目瞭望，山川相繆，鬱乎蒼蒼，煙邈遠近，確有氣象。對於遷都一事，我雖非專業，但一己之感，似乎也可為十億中國人而發浩歎了。

在原則上，我是同意遷都一說的。遷都，對北京而言，其實也是一種解脫。解掉束壓在北京身上的重縛，還它歷史文化的光榮面貌。將北京建設成可與巴黎相呼應的泱泱文明古都，那才見出中國的氣魄和光芒。

《中國時報》，2001.6.18

三民叢刊 好書推介

（本局另備有「三民叢刊」之完整目錄，歡迎索取）

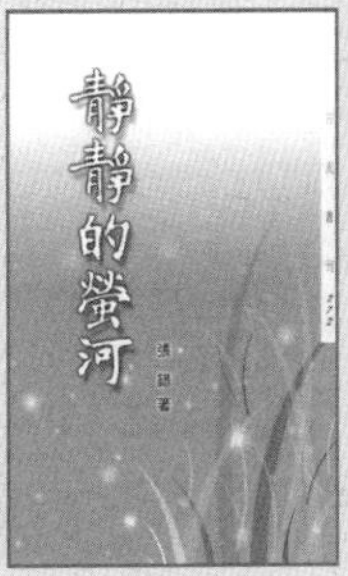

272 靜靜的螢河　張錯 著

假若詩不僅是感情滿溢迸露，更是心情寧靜追憶，那麼散文創作，應該就是寧靜而沉著的感悟傾訴。作者在這本散文集子中，嘗試自濃郁詩意抽身而出，以冷冷一眼投向世間虛幻。他體悟到從一樹橘子成熟到一夕曇花綻放凋謝，都是不斷在啟示生命的深沉忍耐或美麗完成。

239 一個人的城市　黃中俊 著

一本「一個人」的書，一本寫「城市」的書，在個人的愁緒裡瀰漫著文化的滄桑感，在生活的記載裡隱藏著時代進步的兩難。以女性的生活與心靈之旅為背景，展示了北京、上海、深圳三個重要城市的文化風景，也展示了世紀之交中國社會轉型時期的世態沉浮和文化變遷。

210 情悟，天地寬　張純瑛 著

她的豪爽帶一點俠氣、帥氣，她的筆下邏輯飽滿，文氣如潮。且在享受閱讀的愉悅與感動之餘，賞見人生的海闊天空，清景無限。

201 舊時月色

張堂錡 著

從青春華年到心情微近中年，從複雜競爭的報紙媒體到單純美好的大學校園，一段年輕生命的轉折心路，鋪陳出一幅色彩斑斕的人生圖景。

162 九十九朵曇花

何修仁 著

本書是作者發表於副刊的散文結集。寫對父親的孝思，對母親的追憶；寫對家鄉的懷念，細緻而淡淡的愁緒；寫日漸消失的溫暖鄉土，委婉中略帶批判意味。

148 嗚咽海

程明琤 著

尋閱世界，觀照人生，您將不僅了解海的浩瀚中，潛涵怎樣的痛楚嗚咽，也將警悟文明變遷、物競天演理論的爪牙世界，是在怎樣的境地和思想中促成。

135 心靈的花朵

戚宜君 著

作者畢生從事文化傳播工作，積累數十年的工作經驗及閱讀習慣，創作出一篇篇詞美意深的文章。除闡釋文藝功能，暢談讀書之樂，更進而探討人生玄祕，描繪四季風光。

132 京都一年　林文月 著

作者深諳日本語言文化，曾於京都居住了十個月，故能深入其古都的多種層面。她以細微的觀察，娓娓的敘述，呈現了個人對於京都的體會。此書出版之後，一直受到國人重視，許多遊歷日本或赴日留學者，往往藉為旅遊指南。品味日本古都的四季景物、風俗民情、學術文化及異國友誼，且一同沉浸在京都優閒的情調之中。

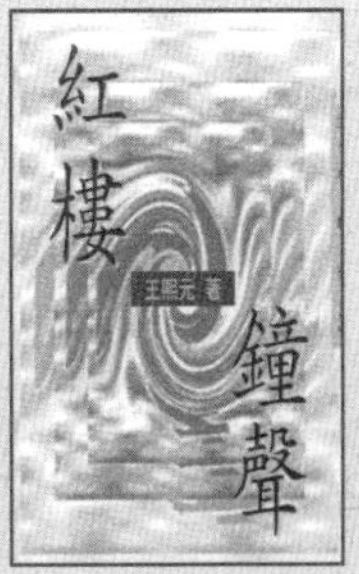

119 紅樓鐘聲　王熙元 著

或抒情，或記遊，或寓理，或賞文，或回顧，以文學與文化涵養，醞釀心靈的源頭活水，從豐富多采的生活經驗與深刻入微的人生體驗中，歷練出超逸灑脫的處世智慧。

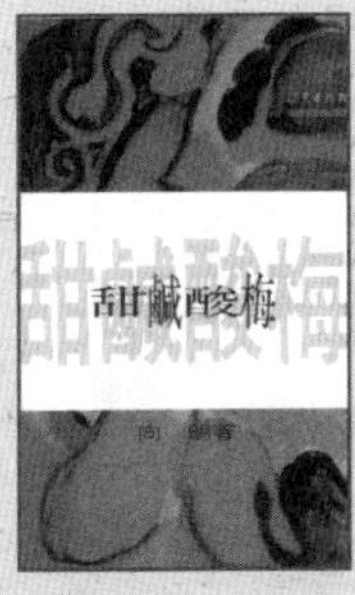

70 甜鹹酸梅　向 明 著

本書是作者在人海中浮沉時所領略體會出的諸般心得和感想：有人間世事的紛擾和關懷，有親情友情的回味和依戀，更有旅途遠行的記憶和心得，反映出生逢亂世一個平凡人的甜鹹酸苦，文字簡鍊流暢，是作者詩筆以外的另一種筆力。

46 未能忘情　劉紹銘 著

充實的人生，不必帶有什麼英雄色彩或建立什麼豐功偉績。如果我們遇到難以忘情的機緣時，能夠及時認識到其滋潤生命的價值，這些經驗積聚下來，就不會白活。

莊因作品

217 莊因詩畫

漫畫作品佐以俚語韻句，淺顯易解，內容為作者身在臺、美兩地不同環境之所見所感，較豐子愷更豐富而有時代感。

209 海天漫筆

莊因的文字一向注意揑合情與理，此書也不例外。他以漫話方式傳達對生活細瑣詳熟的人和事的看法，希望能啟發今人的思維。下筆深入淺出，不掉書袋，更不為夸夸之言，是本著知識分子的良心良能，企圖對文化作出貢獻。

203 大話小說

將生活中習見之事物，以小見大，深入淺出，道及許多我們常見而未曾注意的問題。細細道來，反覆見出中國文化的許多「死角」，最能勾勒出問題之深涵，發人深省。

99 詩情與俠骨

一顆明慧的善心與真摯的情感，經過俠骨詩情的鑄煉，將生活上的人情世事，轉化為最優美動人的文句，呈現出自然明朗瀟脫的風格。文學對於作者而言，不僅是興趣，更是他的生命。全書以一「趣」字貫穿文旨。

國家圖書館出版品預行編目資料

一月帝王／莊因著.－－初版一刷.－－臺北市：三民，2004

面；　公分－－(三民叢刊:281)

ISBN 957-14-3959-2　(平裝)

855　　93000293

網路書店位址　http://www.sanmin.com.tw

© 一月帝王

著作人　莊　因
發行人　劉振強
著作財產權人　三民書局股份有限公司
臺北市復興北路386號
發行所　三民書局股份有限公司
地址／臺北市復興北路386號
電話／(02)25006600
郵撥／0009998-5
印刷所　三民書局股份有限公司
門市部　復北店／臺北市復興北路386號
重南店／臺北市重慶南路一段61號
初版一刷　2004年2月
編　號　S 811190
基本定價　貳元陸角
行政院新聞局登記證局版臺業字第〇二〇〇號

ISBN　957-14-3959-2　(平裝)